Mensing
Mein Prinz

Hermann Mensing

Mein Prinz

Eine historische Liebesgeschichte

ASCHENDORFF MÜNSTER

Umschlagabbildung unter Verwendung eines Ölgemäldes aus dem
Droste-Museum, Burg Hülshoff, Havixbeck.
Mit freundlicher Genehmigung durch
Jutta Freifrau von Droste zu Hülshoff

© 2005 Aschendorff Verlag GmbH & Co. KG, Münster

Das Werk ist urheberrechtlich geschützt. Die dadurch begründeten Rechte, insbesondere die der Übersetzung, des Nachdrucks, der Entnahme von Abbildungen, der Funksendung, der Wiedergabe auf fotomechanischem oder ähnlichem Wege und der Speicherung in Datenverarbeitungsanlagen bleiben, auch bei nur auszugsweiser Verwertung, vorbehalten. Die Vergütungsansprüche des § 54 Abs. 2 UrhG werden durch die Verwertungsgesellschaft Wort wahrgenommen.

Druck: Aschendorff Medien GmbH & Co. KG,
Druckhaus Aschendorff, Münster

ISBN 3-402-03507-3

1

Oktober 1758

Die Stube war niedrig. Man musste aufpassen, dass man sich nicht den Kopf an den Balken stieß. Eichenbalken, die die Decke und das darüber liegende Dach mit dem Heuboden trugen. Der Boden der Stube war aus gestampftem Lehm. In einer Ecke lehnte ein Reisigbesen. Er stand auf dem Kopf. So sollte er Hexen vertreiben. Dann war da noch ein Bett und ein Hocker.

Im Bett lag eine Frau. Auf dem Hocker saß ein Mann. Sein Kinn war auf die Brust gesunken. Er war eingenickt.

Der Mann war schwarz.

Im Kamin glomm ein schwaches Feuer. Im Rauch hing ein verrußter Topf. Wind rüttelte an den Dachpfannen. Im Stall zerrte eine Kuh an ihrer Kette.

Eine Uhr tickte leise.

In der Stube war es dunkel, sehr dunkel.

Es roch nach Kohl, Krankheit, nach der Kuh und den Hühnern. Eine Katze maunzte und der Wind heulte durch viele Ritzen.

„Johann? – Johann, bist du da?" sagte die Frau. Ihr Haar war verschwitzt. Ihr Atem ging stoßweise.

Johann erwachte aus unruhigem Halbschlaf. „Ja Maria, was ist denn?"

„Verlass mich nicht!"

„Niemals, Maria, das weißt du doch. – Was ist denn?"

„Ich habe die Männer gesehen, Johann. Sie hatten glühende Eisen."

„Das sind böse Träume, Maria."

„Nein, Johann. Sie fesselten dich!"

„Davon will ich nichts hören!"

„Erzähl von den Männern. Das wird dir gut tun", sagte Maria.

Johann warf Holzscheite auf die Glut. Erste Flammen züngelten und warfen gespenstische Schatten. Dennoch wirkte die Stube gleich wärmer, nicht mehr so dunkel und abweisend.

Nicht mehr so, wie die Hütte, in der er seine Kindheit verbracht hatte, zerstochen von Mücken, gefährdet von Tieren, die größer und kräftiger waren als Menschen, eine Kindheit in der Gemeinschaft des Stammes, bis die weißen Männer gekommen waren und sein König ihn und viele andere an diese Männer verkauft hatte.

Die Kuh warf sich unruhig hin und her.

Ein Kauz schrie.

Irgendwo quiekte eine Ratte. Die Katze hatte Beute gemacht.

Gegen Alkohol, Perlen aus billigem, geschliffenen Glas, gegen Spiegel und Gewehre, die Zauberstäbe des weißen Mannes, hatten Ashanti Könige ihre eigenen Leute verkauft.

Für Tand hatten sie Johann und seine Brüder und

Schwestern an die Uburuni verschachert, schwitzende Männer, die die Farbe von Leichen hatten und auch so rochen.

Dass der Teufel sie hole!

„Uburuni!" knurrte Johann.

„Was sagst du?"

„Ach nichts."

„Sind das die Männer?"

„Ja, Maria, so nannten wir sie."

„Erzähl mir von ihnen, bitte ..."

„Nein. Ich kann nicht. Wir Bekwai glauben, dass Kummer, über den nicht gesprochen wird, nicht existiert. Ich will es genauso halten. Auch wenn ich jetzt kein Bekwai mehr bin, sondern ein freier Mann. Ein Mohr in Westfalen, ein Menschenfresser, ein Affenprinz."

Maria stöhnte.

„Ruhig, Maria, nur ruhig. Ich mache dir einen Tee aus Lindenblüten. Dann wirst du schlafen, sollst sehen. Und morgen geht es dir schon viel besser."

Johann schürte das Feuer. Dabei schwankte sein Oberkörper ein wenig vor und zurück und es schien, als höre er ferne Musik. Trommeln vielleicht, die die Nachricht von der Ankunft der weißen Männer verbreiteten.

Männer mit hohen Hüten, taillierten Jacken, eng anliegenden Hosen und Stulpenstiefeln.

Uburuni! Uburuni!

Wie hatten die Bekwai gelacht, als sie diese

Männer zum ersten Mal sahen. Rotgesichtig und schwitzend. Stolpernd, fluchend und nach Alkohol stinkend.

Nun wussten sie es besser.

Diese Uburuni hatten die Farbe des Todes, die Farbe all dessen, was nicht lebt, die Farbe der Geister: Weiß.

„Ich werde dir Senfpflaster machen, Maria. Du wirst sehen, die Medizin der Uburuni macht dich schnell wieder gesund."

„Ich brauche keine Pflaster mehr, Johann."

Johann erschrak.

Er hörte die Uburuni grölend heranziehen. Da, wo die Vögel überm Guineagras kreisten, da hinten am Hang, da waren sie. Sie mussten nur noch durch das sumpfige Tal, dann waren sie hier. –

Hier, in seinem Dorf.

Johann wusste, was dann geschähe. Die Trommeln riefen es überall aus.

Sie kommen, um uns zu holen, dröhnte es. Sie kommen, sie kommen.

„Wer sind sie?" fragte Maria.

„Holländer. Die Männer sind Holländer."

„Holländer?"

„Ja, Maria. Gottesfürchtige Männer, die vom Fort Elmina ausrücken, um Sklaven zu machen. Gleich holen sie mich."

Johann kroch hinter Marias Bett.

Maria rief ihn verzweifelt, aber das nutzte nichts.

Johann begann in einer fremden Sprache zu sprechen. Er wimmerte. Es klang wie das Flehen um Nachsicht, aber den Uburuni war das Leben ihrer Sklaven egal.

Sie hatten das Dorf umzingelt. Sie schossen in die Luft. Sie machten so viel Radau wie nur möglich, denn in Wirklichkeit fürchteten sie diese schwarzen Teufel und ihr verwunschenes Land.

Sie hassten seine schwere, duftende Wärme, den Fäulnisgeruch der Wälder, sie fürchtenden den Harmattan, einen Landwind, der manchmal wochenlang wehte, der Fieber und Lähmungen brachte und die Sinne verwirrte.

Ja, sie hassten all das, aber Sklaven machen war ihr Beruf, und auch sie waren an Herren gekettet, wenn auch nur durch Verträge, die sie im Vollrausch geschlossen hatten und nun waren sie hier, weit weit fort von zu Hause und fürchteten sich.

Fürchteten den Stolz dieser Menschen, fürchteten ihre Fetische, fürchteten Schlangen, Wildkatzen und Skorpione, mussten mit ansehen, wie ihre Ärzte versagten vor den seltsamen Krankheiten, die aus den Sümpfen krochen und sie überfielen, schlugen um sich, wenn sie in Mückenschwärme gerieten, schwitzten und fluchten und machten Beute.

Reiche Beute.

Sklaven, von denen sie nicht einmal glaubten, dass es Menschen waren. Sklaven, bares Geld, schwarze Teufel, die sich mit Affen paarten.

Sie trieben die Menschen zusammen, fesselten sie und führten sie fort.

2

Oktober 1697

Der Wind vom Atlantik hatte die Palmen über Jahre und Jahre landeinwärts gebeugt. Es waren nicht viele in der rostroten Erde vor Fort Elmina, aber genug, um diesem Küstenstreifen sein typisches Aussehen zu geben.

Das Fort hallte wieder vom Lärm der Soldaten, der Gaukler und Händler. Jeder, der nicht Sklave war, versuchte seine Geschäfte mit den weißen Männern zu machen.

Vor der Küste ankernd hoben und senkten sich die Zweimaster der niederländischen Flotte knarrend mit den auflaufenden Wellen, bereit, neue Fracht aufzunehmen.

Männer und Frauen, zusammengekettet und unter Deck eingesperrt. Man gab ihnen zu essen, man gab ihnen zu trinken, schließlich waren sie Gold wert, wenn sie am Leben blieben. Wenn nicht, warf man sie über Bord, wo die Haie sich um sie rissen.

Die Händler taxierten jeden Neuankömmling mit schnellen Blicken. In ihren Augen glomm Hass und Furcht, wilde Wut und verzweifelte Hoffnungslosigkeit, denn sie wussten nicht, was mit ihnen geschah.

Die Eisenfesseln schmerzten an ihren Gelenken.

„Heee du, Negerkönig, komm mal her!" schrie ein Händler. Er hatte strohblondes Haar und blaue Augen. In seiner rechten Hand hielt er die gefürchtete siebenschwänzige Katze, eine Peitsche.

„Ich, Herr?" sagte ein schwarzer Verkäufer.

„Wer denn sonst? Bring dein Pack gefälligst auf Trab!" brüllte der Händler und ließ seine Peitsche knallen.

„Sie sind müde, Herr. Der Weg war lang."

„Und wenn schon. Ich brauche aufgeweckte junge Männer. Solche wie den da. Bring mir den mal her!"

„Natürlich, Herr. Beste Ware, Herr!"

Der schwarze Verkäufer stieß einen jungen Sklaven vor sich her. Er hielt den Blick gesenkt.

Der Händler befühlte seine Oberarme.

„Kräftig!" rief er dem Schreiber zu.

„Welcher Stamm?" Der Händler drehte ihn wie einen Kreisel.

„Bekwai, Herr. Ein Ashanti aus dem Land der Sümpfe und Flüsse."

„Schweig! Ich kenne dieses verdammte Land. Ich bin schon so manches Mal durch seine morastigen Wälder geirrt und hab mich stechen lassen von seinen Mücken. Beim letzten Mal wäre ich um ein Haar verreckt. – Schreiber, hast du gehört. Ein Bekwai!"

Der Schreiber tauchte seine Feder in ein Tintenfass und notierte.

„Er soll sich bücken!" knurrte der Händler.

Der schwarze Verkäufer drückte den Kopf des Bekwai nach unten.

Der Händler fühlte seine Hoden. Der Händler drehte und wendete ihn.

„Er ist ein hübscher Knabe, Herr!

„Das sehe ich selbst. – Wie alt?"

„Das weiß man nie so genau."

„Gut!" sagte Händler und rieb sich die Hände. „So, und nun zeig deine Zähne, Mohr, eh ich sie dir einschlage!"

Der Bekwai verstand nicht.

Der schwarze Verkäufer griff ihm unter Ober- und Unterlippe und versuchte seinen Mund zu öffnen.

Der Bekwai hatte Angst. Er wusste nicht, wozu das alles gut war. Er wusste nur, was die Älteren ihm gesagt hatten.

Tu, was sie von dir fordern, oder geh in den Tod.

Um in Tod zu gehen, war er zu jung, also gab er nach.

„Gesund!" rief der Händler zufrieden. „Bring mir mehr von der Sorte! Ich will sie nach Mailand verkaufen. So, und nun vorwärts, damit wir ihm unser kleines Zeichen auf den Pelz brennen können."

Der Bekwai wurde fortgeführt.

Die Schreie der gebrandmarkten Sklaven hallten aus dem Innenhof des Forts zu ihm herüber.

Der Schreiber reichte dem Händler eine Liste. Darauf war jede Einzelheit notiert. Das war wichtig, denn anhand dieser Frachtlisten errechneten die Händler ihren zu erwartenden Profit.

Sie verstanden ihr Geschäft.

Die Ladung, die sie gerade sortierten, war für die Adelshöfe Europas. In Europa sorgte ein Netz von Agenten für Aufträge. Jeder Fürst, jeder Herzog, König oder nur Landedelmann, jeder reiche Kaufmann, wohnte er nun in Emden oder in Neapel, konnte bei diesen Agenten bestellen, was immer er haben wollte.

Alle steckten unter einer Decke, die Adelshäuser ebenso wie die großen Kaufmannshäuser der Zeit, die Fugger, Strieder und Welser, und immer zählte nur das Recht dessen, der zahlt.

Sklavenmärkte gab es in Konstantinopel, Neapel, Venedig, Genua, Barcelona, Lissabon, Bordeaux, Antwerpen, Amsterdam, London, Hamburg und Kopenhagen.

Billig war so ein Sklave nicht.

Aber es war modern, einen zu haben. Und so putzten die Fürsten und Edelleute ihre Mohren heraus und zeigten sie her. Ließen sie Kaffee servieren und feine Speisen, und manche machten sogar Musik.

Der Bekwai wurde mit einem glühende Eisen auf der rechten Schulter gebrandmarkt wie ein Stück Vieh. Dann kettete man ihn wieder an einen der großen eisernen Ringe, die in die Wehrmauern des Forts eingelassen waren. Und da hockte er nun, er und all die anderen Männer und Frauen mit vor Furcht weit aufgerissenen Augen, schauten auf die Schiffe, und wussten nicht mehr ein und aus. Sie waren noch jung. Sie verstanden nichts von dem, was um sie herum geschah.

3

Oktober 1758

„Komm Maria, trink erst einmal einen Schluck."

Die Uhr in der Stube tickte die Zeit in kleine Stücke. Diese seltsame Zeit, der die Weißen sich unterworfen hatten. Dieser kreisende Zeiger, der den Tag markierte, das Stundenläuten von Kirchtürmen, das ewig Gleiche ihres Tagesablaufs, all das hatte Johann über die Jahrzehnte zu ertragen gelernt, aber verstanden hatte er es nie.

Marias Gesicht glänzte vor Schweiß.

Johann legte ihr seine Hand in der Rücken, half ihr, sich vorzubeugen und Tee in kleinen Schlucken aus dem Becher zu trinken.

Dabei verschluckte sie sich und begann wieder zu husten. Dieser Husten saß tief. Johann wusste, was das bedeutete.

Regen schlug gegen die Fenster.

Diese Kälte im Lande der Uburuni!

So lange war er nun schon hier, und noch immer hatte er sich nicht daran gewöhnt. Von Anfang an hatte sein Hals die westfälische Luft nicht vertragen. Mit jedem Atemzug bekam er Rücken- und Gliederschmerzen. Aber offenbar waren auch die Menschen, die hier geboren waren, nicht gegen die Unbill ihres Wetters gefeit.

Marias Atem ging kurz.

Manchmal hustete sie Blut und zählflüssigen Schleim.

Johann fürchtete um ihr Leben.

4

März 1698

Die Sklavenschiffe hatten Fort Elmina verlassen. Waren erst nordwestlich gesegelt, hatten die Kanarischen Inseln passiert, waren unter heftigen Winden und rauer See an Gibraltar vorbei in das ruhigere Mittelmeer eingefahren und hatten endlich den Hafen von Genua erreicht.

Hunderte Männer und Frauen unter Deck, angekettet und liegend, damit möglichst viele die Reise antreten konnten. Viele von ihnen litten unter der Seekrankheit, andere an Heimweh, wieder andere an Durchfall, Erkältung, an Entzündungen oder einfach nur Zahnweh.

Der Bekwai war nur einer von ihnen.

Angst vor dem Tod kannte er nicht, kein Ashanti fürchtete sich vor dem Tod, aber Angst vor der Weite des Meeres, Angst vor dem Knarren der Spanten und vor der Peitsche der Aufseher, die kannte er nur zu gut.

Mit weichen Knien hatten er und die anderen schließlich den Bauch des Schiffes verlassen und europäischen Boden betreten, ein Kontinent, der so ganz anders war als alles, was sie bisher gesehen hatten: das Licht und seine viel längeren Schatten, die Menschen, ihre Kleidung, ihre Sprache, ihre Häuser, ihre Städte und Straßen.

Nichts war mehr, wie es sein musste und viele glaubten zu träumen. Aber dann waren da auch schon die Händler, die herum hasteten mit ihren Listen und Säckchen voller Taler, bereit, das Geschäft zu eröffnen.

„Hier, schaut euch diesen Mohren an, gnädiger Herr!" schrie einer. „Ein Ashanti aus edlem Geschlecht. Seine Vorfahren waren Könige, Zauberer und Musiker. Sein Gebiss ist weißer als Porzellan. Seine Gesichtszüge unterscheiden sich wohltuend von denen anderer Wilder. Schaut euch an, wie gut er gebaut ist und dann trefft eine Entscheidung. Einen besseren findet ihr nicht."

Der so angesprochene, ein feiner Herr aus Mailand, ein Kaufmann und Agent, Herr Visconti, schien Interesse an diesem Bekwai zu haben.

„Nun – so sagt denn den Preis", forderte er.

„Euch, Herr Visconti, der ihr ein guter Kunde seid, überlasse ich diesen jungen Ashanti für einhundertfünfzig Taler."

„Wollt ihr mich ruinieren? – Ein Mohr ist ein Mohr, nichts weiter. Einhundertzwanzig zahle ich – und keinen Taler mehr!"

„Ihr scherzt. Die europäischen Adelshöfe reißen sich um Mohren wie ihn. Einhundertvierzig, weil ihr es seid."

„Einhundertdreißig sage ich, schlagt ein!" sagte Herr Visconti.

5

Mai 1694

Als Heinrich Johann I. Von Droste Hülshoff Schloss Hülshoff verließ, war er 17 Jahre alt. Sein Vater, Bernhard III. von Droste Hülshoff, war nicht der Reichste, aber vermögend genug, um seinem Sohn Heinrich das zu ermöglichen, was für adlige junge Männer jener Zeit zum guten Ton gehörte.

Eine Kavaliersreise. Man besuchte Hauptstädte und Adelshöfe Europas. Man schaute sich um.

Vielleicht wurde auch ein wenig studiert.

Als die Kutsche den Hof verließ und am Ende der

Eichenallee nach Osten abbog, atmete Heinrich auf. Endlich war er unterwegs. Er war jetzt der junge Herr. Die Zeit der Vorbereitung, Zweifel und schlaflosen Nächte lag hinter ihm. Vor ihm lag eine gefährliche Reise, aber daran dachte er nicht. Er dachte nur daran, dass die Welt ihm zu Füßen lag. Die Kutsche holperte über ausgeschlagene Wege.

Mal lahmte ein Pferd, dann brach ein Rad, die Gasthöfe waren laut und nicht immer sauber, aber Heinrich erreichte sein erstes Ziel: Prag. Über ein Jahr blieb er dort, dann zog es ihn weiter nach Salzburg und Wien.

Er sah gut aus, und die adligen Fräulein fanden das auch.

Auf einem Maskenball sah er zum ersten Mal einen Mohr.

Herausgeputzt stand er in der Ecke eines Salons und wartete auf Befehle. Ein Fingerschnipp, und er war heran, verbeugte sich tief und brachte, was man ihm auftrug.

Heinrich war fasziniert. Natürlich wusste er, dass Kammermohren an Adelshöfen zum guten Ton gehörten, aber er hatte noch nie einen gesehen und bis ins tiefe Westfalen war noch keiner gekommen.

Heinrich beschloss, dass zu ändern.

Als er nachfragte, wo und durch wen man einen solchen Mohren erwerben könne, fiel immer wieder der Name Visconti, ein Mailänder Kaufmann von tadellosem Ruf in der damaligen Geschäftswelt.

Heinrich bat seinen Vater um Geld und sein Vater ließ sich nicht lumpen. Einmal (im Mai 1697) überwies er seinem Sohn 250 Taler, ein halbes Jahr später noch einmal 300 Taler. Damit konnte es sich Heinrich Johann I. von Droste Hülshoff gut gehen lassen.

Es reiste nach Triest, Venedig und Mailand.

Kaum dort, ließ er sich bei Herrn Visconti anmelden.

Die reich verzierten Flügeltüren des in den Innenhof eines prächtigen Mailänder Kaufmannshauses weisenden, großen Zimmers öffnete sich und ein Diener trat ein.

„Gnädiger Herr?" Der Diener verbeugte sich.

„Was gibt es?" fragte Herr Visconti ein wenig unwirsch, denn die Anfragen, die durch Boten aus ganze Europa bei ihm eingingen, häuften sich und warteten auf Erledigung.

Er war ein groß gewachsener Mann mit prägnanter Nase, scharfem Blick und einer sorgfältig gepuderten Perücke.

„Ein Edelmann aus Westfalen - der wohlgeborene Heinrich Johann Von Droste Hülshoff wünscht Euch zu sprechen, gnädiger Herr."

Herr Visconti prüfte mit schnellem Griff den Sitz seiner Perücke, hustete und sagte: „Nur zu, lass ihn ein."

„Sehr wohl, Herr!" Der Diener verbeugte sich und verschwand. Wenig später betrat Heinrich Johann den Raum, der sich in seiner Pracht in nichts von den adligen Höfen, die er in den letzten Monaten bereist hatte, unterschied.

„Herr Visconti?" sagte Heinrich Johann zögernd.

„Zu Euren Diensten. Was kann ich für Euch tun, junger Herr?" Herr Visconti musterte Heinrich Johann mit schnellem Blick. Was er sah, ließ auf leichten Profit schließen. Ein junger Mann, zwar nach der neuesten Mode gekleidet, in Auftreten und Manier jedoch eher ein Bauer, wie fast all diese Landedelmänner.

„Ich hörte, Ihr handelt mit Mohren?" fragte Heinrich Johann.

„Nun ja, es ist ein bescheidenes kleines Geschäft!" versuchte Herr Visconti abzuwiegeln, wissend, dass jede Ablenkung einen unerfahrenen Kunden in Sicherheit wiegte.

Er lachte. Sein Lachen klang wie ein warmes, von Herzen kommendes Lachen, dennoch war es nichts als geprobte Verbindlichkeit. Nicht umsonst war Herr Visconti erfolgreich wie kaum ein anderer.

„Die adligen Damen und Herren sind ganz verrückt danach!" setzte er wie beiläufig nach.

„Ich werde demnächst auf mein Schloss in Westfalen zurückkehren und da dachte ich..."

„An ein Geschenk??? An ein Mitbringsel von der Reise?"

Heinrich Johann hatte lange hin und her überlegt. Der Hof Hülshoff war klein und wenig bedeutend, und schon lange lag sein Vater in Streit mit anderen

Adligen über Privilegien, die man denen von Hülshoff abzusprechen versuchte. Das Privileg der Steuerfreiheit zum Beispiel.

Ein Mohr wäre mehr als ein Mitbringsel!!!

Ein Mohr würde sie unterscheiden, gäbe ihnen Profil.

Er nickte.

„Zu welchem Zwecke soll er Euch denn dienen?" fragte Herr Visconti bedächtig. „Sie müssen wissen, wir liefern junge Mohren in jeder Preislage."

„Wenn ich ihn wenig herausputzte, könnte er unserem bescheidenen Hülshoff Glanz verschaffen, uns ins Gespräch bringen..."

Herr Visconti lächelte. „Verstehe. Nur wer im Gespräch bleibt, bleibt auch im Geschäft, nicht wahr?"

Heinrich Johann stimmte zu. Dieser Herr Visconti beeindruckte ihn. Er schien mehr über seine Beweggründe, einen Mohren zu kaufen, zu wissen, als er selbst.

„Ich glaube, ich hätte da genau das Richtige für Euch", sagte Herr Visconti verschwörerisch. „Wenn Ihr Euch den einmal anschauen wollt. Hier entlang bitte. Er ist ein junger Bekwai vom Stamm der Ashanti...."

6

Mai 1698

Die Postkutsche schwankte wie das Schiff, auf dem man den jungen Bekwai und all die anderen übers Meer nach Genua verfrachtet hatte. Die Pferde dampften. Das Land, durch das sie die Kutsche zogen, war rau, aber die Bäume blühten und auf den Wiesen standen gelbe Blumen wie Teppiche.

Der Bekwai schaute hinaus.

Solche Berge hatte er noch nie gesehen.

Berge, deren Spitzen weiß leuchteten, fern und hoch wie der Himmel, der sich seltsam spannte und manchmal so nah schien, als könne man ihn mit den Händen greifen.

Langsam begann er zu begreifen, dass man ihn verkauft und wieder verkauft und noch einmal verkauft hatte, und es schien, als sei der junge Uburuni, an dessen Seite er saß und der genauso unter der unruhigen Fahrt der Kutsche litt wie er selbst, sein neuer Herr.

„Wie nennt man dich?" fragte Heinrich Johann von Droste Hülshoff.

„Bekwai, Herr!" sagte er, mehr wusste er nicht von den neuen Sprachen, die ihm seit seiner Ankunft in Genua um die Ohren geflogen waren wie lästige Insekten.

„Bekwai, ich Bekwai."

„Bekwai?" sagte Heinrich Johann, der auf Anhieb Gefallen gefunden hatte an diesem jungen Schwarzen, der nun sein Leibeigentum war, sein Sklave. „Ich werde dich taufen lassen, Bekwai. Wenn wir wieder daheim sind auf Schloss Hülshoff werde ich dich in der christlichen Lehre unterweisen und taufen lassen."

„Ich Angst, Herr, Angst....", sagte der junge Sklave.

„Du musst dich nicht fürchten. In einer Stunde sind wir in Airolo, gleich unterm Gotthard Pass. Dort werden wir übernachten."

Der Bekwai wusste nicht, was eine Stunde ist. Er wusste nicht, was Airolo ist und er wusste auch nichts vom Gotthard Pass. Er war nur froh, als die Kutsche schließlich anhielt, als Diener herbei kamen und das Gepäck seines neuen Herrn nahmen und in ein Haus brachten. In eine erleuchtete Stube, die warm war, voller Licht und voller Menschen.

Uburuni, die ihn anstarrten wie ein Gespenst.

Denen es die Sprache verschlug. Die Kreuze schlugen.

Das Zimmermädchen im Gasthof fuhr erschrocken zusammen, als es den Schwarzen sah, und als es seinen Herrn, den hochwohlgeborenen Heinrich Johann Von Droste Hülshoff fragte, ob es denn überhaupt Sinn mache, einem Mohren ein Bett mit sauberen Leintüchern zu beziehen, da die doch ganz und gar schwarz würden, sobald er sich hineinlege, wusste auch der einen Augenblick keine Antwort.

Vier Wochen später erreichten Heinrich Johann und sein Sklave das Schloss Hülshoff bei Roxel. Es war ein bescheidenes Schloss, aber da ein Jahrhundert der Kriege gerade zu Ende ging, war es kein Wunder, dass man es mit dicken Mauern umgeben und einen Turm hatte bauen lassen. Auch Mühlteiche gab es und eine Mühle. Und natürlich die Gräfte, ein breiter Graben, der die Burg umgab und sie durch eine Zugbrücke vom Umland trennte.

Die Aufregung auf Hülshoff war groß.

Boten waren schon eine Woche vorher gekommen und hatten die Nachricht verbreitet.

Der junge Herr kehrt zurück. Er hat etwas mitgebracht.

Hunde bellten, Gänse schnatterten, Hühner flatterten auf und ringsum herrschte wildes Geschrei.

Kiekes, den jungen Heeeer...

He hefft iemand metbroacht.

Guod behüte – een Swatten!!!

So klang das.

7

Juli 1698

Bernhard III. Von Droste Hülshoff, Heinrich Johanns Vater, hatte genau wie sein Sohn eine Reise gemacht, als er jung war.

Hatte Frankreich bereist, Paris gesehen, in Österreich, Bayern und Sachsen Freunde und Verwandte besucht, Bernhard war welterfahren und wusste, was sich an den Höfen Europas abspielte, aber seit er nach dem Tod seines Vaters Haus und Hof übernommen hatte, hatten die Sorgen ihn hart und unnahbar gemacht.

Zwar war er durch das Testament zum Universalerben geworden, aber die Streitigkeiten über das Testament hatten seither nie aufgehört.

Immer ging es um Geld.

Geld, Geld, immer wieder nur Geld.

Und nun war sein Sohn zurückgekehrt und hatte einen Mohren mitgebracht.

„Welcher Teufel hat dich eigentlich geritten?" fragte er Heinrich Johann erregt. „Haben wir nicht Sorgen genug? Der Erbmännerprozess stockt, deine Onkel und Tanten streiten ums Erbe, jeder will mehr und du bringst einen Sklaven! – Sollen die anderen glauben, wir hätten zuviel Geld?"

„Nein Vater, natürlich nicht!" sagte Heinrich Johann kleinlaut.

„Ist er überhaupt ein Christenmensch? – Kann er sprechen? – Was isst er? – Kann man ihm trauen?"

„Er ist ein anstelliger Junge, Vater."

„Anstellig? – Ein Träumer ist er!"

Bernhard lief erregt auf und ab, stutzte, ging einen Schritt zur Seite, schnäuzte sich laut, während er sich der Tür näherte, und öffnete sie mit einem Ruck.

Lisbeth, die gelauscht hat, fiel kopfüber ins Zimmer.

Stammelnd entschuldigte sie sich, sagte, sie habe gerade anklopfen wollen, um zu fragen, ob die gnädigen Herrschaften ihren Tee jetzt oder später zu sich nehmen wollten.

„Keinen Tee!" brummte Bernhard. „Bring einen Schnaps."

„Sehr wohl, gnädiger Herr!" sagte Lisbeth und machte sich aus dem Staub.

„Er ist kein Träumer, Vater."

„Ach nein – und warum hockt er dann beim Gesinde und zupft auf diesem seltsamen Instrument?"

„Es ist aus seiner Heimat."

„Und wenn schon!!!"

„Ich werde ihn zum Kammerdiener ausbilden lassen!" lenkte Heinrich Johann ein.

„Soll ich mich von einem Mohren bedienen lassen!" brauste sein Vater auf, ein stattlicher Mann mit blondem Haar und einem rötlichen Bart, dem es tausend Mal lieber war, auf seinen Gütern herumzustapfen, als mit den feinen Damen und Herren im Salon zu sitzen.

„An vielen Höfen Europas hält man sich Mohren, Vater. Warum sollten wir da zurückstehen?"

„Warum? – Weil wir hier nicht in Wien, Potsdam oder sonst wo sind. Wir sind auf Schloss Hülshoff. Mögen andere ihre exzentrischen Moden pflegen, wir haben Besseres zu tun."

„Aber ich kann ihn nicht einfach wieder wegschicken, Vater. Ich habe ihn gekauft."

„Ja, von meinem Geld. – Wie heißt er überhaupt?"

„Ich werde ihn Johann nennen. Johann Junkerdink."

Heinrich Johanns Vater stutzte, fasste sich in den Bart, ließ sich einen schweren Eichesessel fallen, schlug krachend auf die in geschnitzten Löwenköpfen endenden Armlehnen und brach in brüllendes Lachen aus.

„Johann Junkerdink – das Ding vom Junker? – Das ist gut!" brüllte er prustend. „Das ist gut."

Die Leute liefen zusammen, wenn der gnädige Herr mit seinem Sklaven durchs Dorf lief. Sie tuschelten. Sie nahmen ihre Kinder beiseite, denn wer wusste schon, ob dieser Mohr nicht in Wirklichkeit Herr über dunkle Mächte war. –

Verwundert hätte es sie nicht, und sicher war sicher.

Der gnädige Herr hatte ihn herausgeputzt. Noch war er nicht getauft, aber längst wussten alle, wie der gnädige Herr ihn nannte: Johann Junkerdink.

Das fanden sie ungeheuer.

Johann trug eine gelbe Kniebundhose aus Samt, rote Kniestrümpfe, feine Schuhe, ein Wams aus leuchtend blauem Satin, einen Kragen aus feiner weißer Spitze und einen Turban mit einer Brosche daran.

Lisbeth, Magd in Diensten des gnädigen Herrn, hielt Johann für einen Teufel.

„Affenprinz! Affenprinz!" rief sie, wenn sie ihn sah.

„Swatten Jehann, wullst uns friäten, Swatten Jehann, swatten Jehann...."

„Lisbeth, lass den Schwarzen in Ruhe!" rief Alfons Brockmann, Stallknecht des gnädigen Herrn. „Er hat dir nichts getan."

Alfons mochte Johann.

„Wieso?" meckerte Lisbeth?

„Weil er mein Freund ist!" sagte Alfons.

„Kiekes, dien Frönd?" höhnte Lisbeth. „Wat hebt den gnädigen Herrn dienen Frönd fien makt met die giäle Bükse un dat vödraite Doek um den Kop."

Dorfkinder fingen an, mit kleinen Steinen zu werfen.

„Swatten Jehann, swatten Jehann!" kreischten sie.

„Laot den Swatten in Friäden!" Alfons machte ein paar Schritt auf die Kinder und Lisbeth zu, wonach alle schreiend auseinander stoben und um die nächste Ecke verschwanden.

8

Juni 1699

Pfarrer Dingerkuss sprach ein Gebet. Johann hatte sich niedergekniet. Zwar konnte er die gesprochenen Worte verstehen, aber er brachte sie in keinen Zusammenhang, und so blieb ihm der dahinter verborgene Sinn unklar. Nur die Zeremonie mit dem Leben spendenden Wasser machte Sinn. Sie erinnerte ihn an manche der Zeremonien der weisen Männer seiner Heimat und der Geruch des Weihrauchs stimmte ihn milde.

Auf Hülshoff und im Dorf hatte man in den letzten Tagen von nichts anderem als dieser Taufe geredet.

„Joseph, hast du schon gehört?" fragte einer.

„Nein, was denn?" antwortete ein anderer.

„Der Mohr des gnädigen Herrn wird getauft. Der wird jetzt ein Christenmensch."

„Das glaubst du doch selbst nicht!!!"

„Aber es ist wahr!"

So war das von Mund zu Mund gegangen. Hatte Dorf und Hof verlassen, war in Münster in aller Munde und bald auch schon auf anderen Gutshöfen.

„Heinrich Johanns Mohr wird getauft!"

Lisbeth hatte ein kleines Taschentuch hervor geholt und tupfte sich verstohlen Tränen aus den Augen. Sie wusste nicht recht, warum. Sie mochte dieses Mohr, sie mochte ihn genau so sehr, wie sie ihn fürchtete, vielleicht weinte sie deshalb, vielleicht aber auch einfach nur, weil sie noch nie vorher gesehen hatte, dass ein Erwachsener getauft wurde.

„Junkerdink, Mohrenkind, braun wie Haselnüsse, Junkerdink, Mohrenkind, gelb wie Pferdepisse", summte sie tonlos, bis die Magd Gertraud ihr ihren Ellenbogen in die Seite stieß.

„Lisbeth, bist du wohl still!" zischte sie.

„Heb doch nix sägget!" sagte Lisbeth.

„Hast du wohl...."

Lisbeth warf Gertraud einen bösen Blick zu, worauf sie zusammenzuckte.

Pfarrer Dingerkuss nahm eine silberne Kanne, träufelte Johann Weihwasser auf den Kopf und sagte: „Und so taufe ich dich, Johann Junkerdink, in Namen des Vaters, des Sohnes und des heiligen Geistes. Möge der Herr dich auf all deinen Wegen beschützen..."

Johann lief Wasser den Hals hinab zwischen die Schulterblätter. Es war kalt. Johann lief ein Schauer über den Rücken. Er schüttelte sich, als wolle er etwas abschütteln, etwas, das nicht zu ihm gehörte.

Pfarrer Dingerkuss schaute ihn irritiert an.

„Amen!" sagte er.

„Amen!" sagte Johann, ohne zu wissen, warum er das tat.

„Amen!" murmelte Lisbeth.

„Amen!" sagte Gertraud.

„Amen!" sagte alle.

Johann richtete sich auf.

Seit man ihn aus seiner Heimat fortgeschleppt hatte, hatte er niemanden mehr gesehen, der aussah wie er. Niemanden mehr getroffen, der seine Sprache sprach.

Seit er auf Hülshoff war, hatte man ihn herausgeputzt und hergezeigt. Er hatte versucht, zu verstehen, er hatte Augen und Ohren offen gehalten, hatte sich an höfische Sitten gewöhnt und war Tag und Nacht auf Abruf bereit gewesen, wie alle Dienstboten.

Nun war ein Christenmensch, aber er wusste nicht, was das zu bedeuten hatte. Er wusste nur eines: Christenmenschen waren mächtiger als die Könige seiner Heimat. Mächtiger auch als die Zauberer dort, denn kein Fetisch hatten ihn schützen können vor der räuberischen Gewalt der Uburuni.

Die Gemeinde sang ein Lied.

Es war eine seltsame Melodie, aber Johann mochte sie.

Vor der Kirche spielten Kinder. Als Johann über den Platz lief, taten sie das, was sie immer taten. Sie spotteten. Affenprinz! riefen sie.

Menschenfresser!

Düwel!

Swatten Jehann. Swatten Jehann!

Johann Junkerdink de will me kniepen, is schwatt

als wie en uobenpiepen!

Die Stimmen flogen hin und her und wurden von Lachen und Kreischen begleitet.

„Kinder, lasst mir den Johann zufrieden!" rief Pfarrer Dingerkuss über den Platz. „Er ist ein Christenmensch wie wir!"

„Jawohl, Herr Pfarrer!" riefen die Kinder.

9

Oktober 1758

„Ich sah dich vom Fenster, Johann!" sagte Maria. „Ich wollte hinaus gehen, aber Mutter ließ mich nicht. Schau doch nur, wie schwarz er ist, sagte sie. Schwarz wie die Nacht. Sie hatte Angst vor dir."

„Und du?" fragte Johann. Er hatte seine Hand auf Marias Stirn gelegt. Sie war ein wenig kühler geworden, aber das Fieber war längst nicht besiegt.

„Ich konnte mich gar nicht satt sehen an dir!" sagte sie. „Du warst so ein schöner Mann." Sie seufzte. „Ach Johann, so lang ist das her, als wäre es gestern gewesen."

„Vielleicht war es das auch", sagte Johann. Und während er saß und Marias Hand hielt, träumte er von der roten Erde seiner Heimat, von der schweren, duftenden Wärme und von der Sonne, diesem Feuerball, der alles in Glut versetzte und in rot-goldenes Licht tauchte, wenn er versank.

Diese Sonne, diese wunderbare Sonne. Kaum vorstellbar, dass die Sonne über Schloss Hülshoff die gleiche Sonne sein sollte.

Afrika hieße das Land, hatte der gnädige Herr gesagt.

Afrika hieße es und gehöre den Franzosen, den Portugiesen, den Engländern und den Holländern.

Johann hatte all diese Worte nie vorher gehört.

Sein Land war das Land der Bekwai. Das Land der Ashanti.

Wenn er bloß gewusst hätte, wo Afrika lag?

Begann es gleich hinterm Mühlteich? –

Wandte man sich nach links oder rechts, wenn man an die Weggabelung kam, wo das Kreuz stand, dieses seltsame Ding, wo ein Weg zum Dorf und der andere zum Vetter des gnädigen Herrn führte? –

Nein, das konnte nicht sein!

Aber wo war es dann, wenn nicht da? Existierte es nur in seinem Kopf, war es ein Traum, der bei Tageslicht auf und davon ging?

Johann nahm die Laute und begann zu spielen.

Kaum waren die ersten Töne erklungen, wusste er wieder, wo Afrika war. Es schwang in jedem Ton, den er spielte. Es hatte sich ganz tief in ihm verkrochen.

Für den gnädigen Herrn war es nur ein Wort.

Für Johann war es die Heimat. Vergessen würde er Afrika nie, aber er hatte es ein für alle Male verloren.

Wenn Johann Laute spielte, war sein Freund Alfons

nicht weit. Alfons war fasziniert von Johanns Musik.

„Spiel!" sagte er. „Spiel, Johann, das tut dir gut und mich macht es fröhlich."

Johann verstand noch nicht viel, aber mit jedem Tag ein wenig mehr von dem, was Alfons oder sonst jemand zu ihm sagte.

Da er vom Augenblick seiner Gefangennahme auf sich selbst angewiesen war, herausgerissen aus allem, was ihm vertraut war, angewiesen darauf, verstanden zu werden, war es ihm nicht allzu schwer gefallen, sich in die westfälische Sprachmelodie einzuhören.

Die wenigen Worte Italienisch, das Kauderwelsch der Seeleute und Sklavenhändler in Fort Elmina hatte er längst wieder vergessen.

Es war, als würde er Vögeln zuhören. Die zwitscherten in den Bäumen. Die Bediensteten auf Schloss Hülshoff tratschten und plapperten auf den Fluren, in den Ställen, in der Küche, auf dem Hof, überall. Er musste nur zuhören und ihre Melodien nachsingen, auch wenn er nicht alles verstand.

Aber zuhören, das konnte er.

Und irgendwann hatte er festgestellt, dass er mehr und mehr von dem verstand, was um ihn herum gesprochen wurde.

Selbst sprach er noch so gut wie nie. Bis auf die höflichen Floskeln bei Hofe natürlich.

„Jawohl Herr."

„Zu Euren Diensten, gnädiger Herr."

„Wie ihr wünscht, Herr."

Nur wenn Alfons in der Nähe war, traute er sich etwas zu sagen. Alfons war sein Freund, das hatte er längst begriffen. Mit Alfons konnte er sitzen, ohne nur ein Wort zu sagen,

„Johann!"

„Ja Alfons?"

„Hast du schon gehört, der gnädige Herr feiert ein Fest."

„Was ist ein Fest, Alfons?"

„Wenn viele Menschen zusammen kommen, wenn sie essen und trinken und wenn Musik erklingt, das ist ein Fest."

„Aaaaa...", machte Johann.

Er schloss die Augen. Er hörte Trommeln, er sah, wie die Männer tanzten, er sah die Vögel am Himmel kreisen, sah den großen Topf mit Yamswurzeln und ihm lief das Wasser im Munde zusammen.

„Ein Fest, ein Fest, der gnädige Herr feiert ein Fest", summte er und beugte sich vornüber, wie es die Alten seines Stammes taten, wenn sie ihre Tänze tanzten, seine Augen nahmen einen fremden Glanz an, der Alfons verängstigte und erstaunte, Johann breitete die Arme aus, verlagerte sein Gewicht vom linken auf den rechten und wieder auf den linken Fuß, er stampfte die lehmige Erde der Scheune, durch dessen Ritzen Sonnenstrahlen fielen und seltsame Muster zauberten, Strahlen, in denen Staub tanzte, er hob und senkte die Arme wie ein Vogel, der fliegen will und summte „ein Fest, ein Fest, der gnädige Herr feiert ein Fest".

Alfons schaute zu, aber dann schien er ergriffen von Johanns Tanz. Zuerst wankte er nur schüchtern ein wenig hin und her, dann machte er es wie Johann, breitete die Arme aus, stampfte den Boden, und als beide schon glaubten, gleich würden sie davon fliegen, beide frei, nicht mehr Leibeigene derer von Hülshoff, wurde die breite Scheunentür geöffnet.

Lisbeth kam herein und schrie: „Kiekes, da tanzt den swatten Düwel und Alfons hat er gleich mit verhext!"

„Verschwinde, oder soll ich dir Beine machen?!" schrie Alfons.

„Affenprinz!" zischte Lisbeth.

Alfons griff hinter sich, fand eine Rübe, schleuderte sie fort und traf Lisbeth am Kopf.

„Das soll dich lehren, Johann zu beleidigen", knurrte er. Lisbeth raffte ihren Rock und rannte heulend davon.

„Hör gar nicht hin, wenn Lisbeth was sagt", sagte Alfons. „Sie ist ein dummes Weib und meint es nicht böse. Sie weiß es nicht besser."

Johann nickte.

Zwar ärgerte es ihn, dass Lisbeth ihn verspottete, aber er war noch nicht lang genug fort von zu Hause, um sich nicht daran erinnern zu können, wie die Leute seines Stammes und er die aneinandergeketteten Menschen verspottet hatten, die Sklavenhändler nach Fort Elmina trieben, um sie dort zu verkaufen.

Donko! hatten sie ihnen nachgerufen.

Donko! ein schlimmes Wort.

Sie hatten sie sogar mit Steinen beworfen.

„Johann?"

„Ja Alfons?"

„Ich will dich etwas fragen?"

„Frage mich etwas?"

„Bist du ein Christenmensch?"

„Ich weiß es nicht", antwortete Johann. Er vermutete, dass hinter solchen Fragen etwas lauerte, dass ihn von allem trennte, mindestens ebenso stark, wie die Farbe seiner Haut. Vielleicht sogar mehr.

Der gnädige Herr hatte ihn taufen und in der christlichen Lehre unterweisen lassen, damit er ein Christenmensch würde.

Ein Christenmensch hatte einen Gott.

Ein Bekwai aber hatte Fetische, Steine, Hölzer, Amulette, Dinge, die ihn schützten. Ein Bekwai glaubte an den Herrn über alles Leben, ein Bekwai glaubte an gute und böse Geister.

Aber wie sollte er das Alfons erklären? –

Er hatte keine Worte dafür.

„Was ist denn das?" fragte er schließlich.

„Glaubst du an Gott den Allmächtigen?"

Johann schüttelte den Kopf. „Nein Alfons, den kenne ihn nicht."

Alfons erschrak.

Alfons sagte: „Psssst Johann, das darfst du nicht sagen."

„Darf ich nicht sagen?" fragte Johann. „Warum?"

„Weil Gott alles hört", sagte Alfons und schaute sich unruhig um. „Und weil er sich alles merkt."

„Der Mann am Kreuz, der?" fragte Johann. „Ist das dein allmächtiger Mann? Der, der alles hört. Dein Gott?"

Alfons bekreuzigte sich, wie die Menschen, die Johann manchmal sah, wenn er ins Dorf ging. Er kam dann an einem Kreuz vorbei. An dieses Kreuz war ein Mann genagelt. Der Mann blutete aus verschiedenen Wunden. Die Menschen bekreuzigten sich und senkten vor ihm das Haupt.

„Ach Johann, der Herr wird dir verzeihen."

„Verzeihen?"

Wieder so ein Wort.

Was denn verzeihen? Hatte er etwas getan?

Johann verstand sie nicht, diese Uburuni. Aber war das ein Wunder? Sie verstanden ihn ja genauso wenig.

10

Juli 1699

Die Tische bogen sich unter Speisen und Getränken. Die Bediensteten hasteten aufgeregt hin und her, ständig wurde gerufen, gestritten, angetrieben.

„Nun macht schon, sollen die gnädigen Herrschaften noch länger warten...."

Die gnädigen Herrschaften waren aus Münster und Hiltrup, aus Ascheberg und aus Horstmar gekommen, um auf Hülshoff ein Fest zu feiern. In allen Räumen herrschte Trubel. In einem saßen die feinen Damen bei Kaffee, einem neuen, hochmodernen Getränk, in einem anderen die dazugehörigen Herren, die es lieber hatten, bei deftig geführten Reden und zotigen Witzen unter sich zu bleiben.

Die adligen Fräulein sausten durchs ganze Haus. Für sie war so ein Fest eine willkommene Gelegenheit, ausgelassen zu sein, wo sie doch sonst sittsam auf ihren Adelshöfen hockten und kaum mal einen jungen Mann zu Gesicht bekamen.

Auf Hülshoff aber gab es außer dem jungen Herren sogar einen Mohren. Einen leibhaftigen Mohren, von dem sich landauf landab alle erzählten, und auf den hatten sie sich gefreut.

Man kann sich vorstellen, wie groß ihre Aufregung wurde, als Johann erschien. Die adligen Fräulein kicherten und rückten zusammen und staunten und wussten nicht, wohin schauen und was als nächstes tun.

Bis sich eine ein Herz fasste.

„Du bist Johann Junkerdink, stimmt's?" fragte sie.

„Katharina, wie kannst du nur so dumm fragen?" fiel ihr die andere ins Wort, froh, dass Katharina die Initiative ergriffen hatte, froh, dass endlich etwas geschah.

Sie errötete.

„Ich will wissen, ob er sprechen kann!" sagte Katharina frech. Es machte ihr Spaß zu sehen, wie aufgeregt Richmod war, wie ihre Nasenflügel bebten und sich ihr eng geschnürter Busen hob und senkte. „Du kannst doch sprechen?"

„Jawohl, gnädiges Fräulein", sagte Johann, dem gar nicht wohl war in seiner Haut.

„Und – gefällt es dir hier?"

„Jawohl, gnädiges Fräulein."

„Jawohl, jawohl, jawohl!" sagte Katharina. „Kannst du nichts anderes sagen?"

„Jawohl, gnädiges Fräulein."

„Lass ihn", sagte Richmod. „Du siehst doch, er ist gut erzogen. Er sagt, was seiner Stellung angemessen ist, mehr nicht. Stimmt's, Johann?"

„Jawohl, gnädiges Fräulein."

„Komm mal ein wenig näher, Johann!" sagte Richmod.

„Was hast du vor?" fragte Katharina.

„Ich will ihn mir aus der Nähe anschauen."

„Das traust du dich nicht!" sagte Katharina, auf die Richmods Aufregung übergesprungen war wie ein Heidefeuer.

„Und ob ich mich traue!", sagte Richmod. „Johann, beuge dich mal ein wenig vor. Ich will dein Haar prüfen."

„Sehr wohl, gnädiges Fräulein."

Richmod und Katharina kicherten. Zur Tür hin standen drei weitere junge adlige Damen. Sie standen im Kreis, schauten neugierig zu Richmod und Katharina herüber, tuschelten, kicherten, hielten sich feine Tücher vor den Mund und fächelten sich Luft zu.

Richmod legte vorsichtig ihre Hand auf Johanns Kopf. Johann hielt ganz still. Ihm war nach Weglaufen, aber das durfte er nicht. Er musste gehorchen.

„Nun sag schon, wie fühlt es sich an?" drängte Katharina.

Aus der Ecke hörte man spitze Schreie und die Bewegungen der Fächer wurden schneller.

„Sag schon – sag schon – sag schon", flog es durch den Raum.

„Fester als unseres, Katharina, viel fester!" sagte Richmod und schaute sich triumphierend um.

Katharina beugte sich zu ihr. „Er soll einmal lachen, Richmod", flüsterte sie. „Ich will seine Zähne sehen." Sie kicherte und Richmod kicherte auch. Bald würde die Aufregung doch zu viel für sie, das spürten beide.

„Höre, Johann Junkerdink", sagte Richmod, die sich als erste wieder gefangen hatte, „wir wollen sehen, wie deine Zähne beschaffen sind, also lach einmal, ja?"

„Ganz wie Sie befehlen, gnädiges Fräulein", sagte Johann, schloss für einen Augenblick die Augen und spürte, wie eine Welle ferner Erinnerungen ihn überflutete, hörte die Stimmen der Sklaventreiber, spürte die siebenschwänzige Katze auf seinem Rücken, hörte das Knarren des Schiffes, alles, alles war plötzlich wieder in ihm und um ihn, für Augenblicke fürchtete er, den Verstand zu verlieren, für Augenblicke verzerrten sich die feinen Gesichter der adligen Fräulein zu furchterregenden Fratzen, dann waren alle Bilder fort und er verwandelte sich wieder in Johann Junkerdink.

Johann lächelte.

Und als er sah, wie albern die adligen Fräulein waren, weiß geschminkt wie lebendige Leichen, lachte er plötzlich, lachte aus vollem Halse ein tiefes, wohltönendes Lachen.

Danach war es um die adligen Fräulein vollends geschehen.

„Sie sind weißer als Porzellan!" flüsterte eines dem anderen zu.

„Leg deine Hand mal in meine Hand, Johann!" sagte Richmod.

„Was tust du, das schickt sich nicht!!!", sagte Katharina empört.

„Papperlapapp! Schau doch, wie schön sie sind. Sein Handflächen sind rosa und sein Handrücken ist schwarz."

„Tatsächlich, rosa und schwarz...."

„Rosa und schwarz, rosa und schwarz..." summten die beiden leichten Herzens, lachten hell und liefen eilig davon.

„Papperlapapp!" murmelte Johann, und eine seltsame Mischung aus Scham und Freude überkam ihn.

11

Oktober 1758

Mitternacht war gerade vorbei. Das Feuer war herunter gebrannt. Johann hatte ein wenig geschlafen, aber Marias rasselnder Atem hatte ihn immer wieder hochgeschreckt.

„Leg mir eine Hand auf die Stirn, Johann", sagte sie.

„Ich hole einen Doktor", sagte Johann, denn Marias Stirn war heißer als vorher. Keines seiner Mittel hatte gewirkt, weder das Senfpflaster noch die schwefelgetränkten Tücher, die nach faulen Eiern stanken.

„Nein, Johann, lass. Geh nicht fort. Was geschehen soll, geschieht sowieso. Bleib und halte meine

Hand, bis sie kalt wird."

„Was redest du, Maria? – Ich schicke den Sohn."

„Nein, Ernst-Constantin wird sich erkälten. Wenn es Tag ist, magst du gehen und einen Doktor holen. Jetzt nicht. Bleib und erzähl mir die Geschichte der Spinne Anansi. Ich habe sie immer so gern gehört."

„Gern", sagte Johann und wieder fühlte er, wie die Erinnerungen um ihn brausten wie der Harmattan, dieser Wind seiner Heimat, die er nun schon so lange nicht mehr gesehen hatte, viele viele Jahre, Jahrzehnte.

Fremd war das alles geworden, so fremd, als wäre er nie dort geboren, so fremd, als hätte er schon immer in diesem grauen, regnerischen Westfalen gelebt.

Kaum aber hatte er die ersten Sätze der Geschichte gesprochen, wurden seine Erinnerungen wieder lebendig.

Afrika wurde warm.

„Das Spinnenmännchen Anansi hatte sich in die Sonne verliebt und wollte ihr nah sein. Es lief über Land, es überquerte einen Fluss und schließlich stieg es auf den höchsten Gipfel. Die Wanderung hatte viel Kraft gefordert und es hatte erst einen einzigen Faden gespannt. Anansi begriff, dass sein Ehrgeiz zu groß, seine Liebe unmöglich war. Niemals würde es die Sonne erreichen können. Also beschloss es, auf diesem Gipfel zu bleiben."

12

Juli 1699

Das Wetter war miserabel. Am Morgen hatte noch Sonne geschienen, aber dann war Wind aufgekommen, heftige Böen von Westen, die Wolken so schwarz wie Ofenruß vor sich her trieben, und dann hatte es auch schon begonnen zu regnen und regnete immer noch. Der Hofhund hatte sich in die hinterste Ecke verkrochen, die Hühner hockten auf der Stange und zogen die Köpfe ein, der Wind fegte durch die Eichenallee übern Hof, ab und an zuckte ein Blitz und wütender Donner krachte. Wer eben konnte, arbeitete im Stall, in der Scheune, nicht draußen.

Heinrich Johann von Droste Hülshoff aber hatte zu tun. Er musste in die Stadt, ob er nun wollte oder nicht. Im Auftrag seines Vaters Bernhard III. von Droste Hülshoff hatte er Geschäfte zu erledigen, die keinen Aufschub duldeten.

„Johann, lauf hinüber zum Kutscher und sag ihm, dass er anspannen soll", sagte er.

„Sehr wohl, gnädiger Herr!", sagte Johann und machte sich auf den Weg. Kaum hatte er das Zimmer verlassen, tauchte Lisbeth aus dem Schatten des langen Flurs auf, als hätte sie nur auf ihn gewartet.

„Junkerdink, Mohrenkind!" zischte sie.

Das hörte sich an wie ein Kinderreim, arglos irgendwie, dumm vielleicht eher, denn Nachdenken war nicht Lisbeths Stärke, aber sie meinte es tatsächlich nicht böse.

In ihren Augen war es eher eine Neckerei.

Johann hatte gelernt, mit derartigem Spott zu leben. Er wusste, dass Spötter oft zu dumm waren, um zu ermessen, wie weh ihre Sprüche taten, vielleicht aber stellten sie sich auch einfach nur dumm und waren böser, als sie sich selbst je eingestehen würden.

In Johanns Kopf hatten sich längst Antworten geformt, er war nur noch nicht so weit, dass er sie aussprechen konnte.

Aber lange würde das nicht mehr dauern, dann könnte er Lisbeth kontern.

„Lisbeth, Meckertrine...." würde er dann vielleicht rufen, „Lisbeth, Meckertrine ...." weiter kam er jetzt aber noch nicht. Ein Reimwort müsste jetzt her, aber Reimworte waren für Johann noch außer Reichweite.

Seine Muttersprache war zwar schon verblasst, die Sprache seiner Herrschaft jedoch war noch nicht in all Facetten angekommen bei ihm, wenngleich er fast alles verstand.

Lisbeth hatte sich ihm in den Weg gestellt. Sie war ein hübsches Mädchen, jedenfalls fand Johann sie hübsch, was vielleicht daran lag, dass ihr Haar so blond war, ihre Augen aber fast so braun wie seine eigenen.

Da sie aber eine Küchenmagd war, Gesinde wie er und daher nicht unantastbar, wie die neugierigen adligen Fräulein, fasste Johann Lisbeth fest bei den Schultern, und schob sie zur Seite.

Lisbeth stieß einen kleinen Schrei aus.

Möglich, dass sie nicht die Klügste war, aber genau das hatte sie gewollt. Johann hatte sie anfassen sollen und er hatte sie angefasst.

Die Tür fiel ins Schloss. Johann war fort. Lisbeth seufzte. Sie mochte Johann sehr. Und sie fürchtete sich vor ihm. Aber seit er getauft war, überwog das erstere.

Als sie gerade ihr Kleid zurechtrückte und sich wieder an ihre Arbeit machen wollte, war ihr, als ob jemand sie ansah. Als starrte aus dem Halbdunkel des Flurs jemand zu ihr herüber.

Und da der Wind heulte und der Regen platschte, und da das Gesinde sich abends gern schaurige Geschichten erzählte von Menschen, die im Moor versunken waren und seitdem herum geisterten, lief ihr ein Schauer über den Rücken.

Ihre Nackenhaare sträubten sich und ihr Atem ging hörbar schneller. Lisbeth schloss die Augen und schickte ein Stoßgebet in den Himmel. Lisbeth betete, der Herr möge dieser armen Seele dort hinten Friede geben, damit sie ihn nicht mehr anstarre, aber es schien, dass ihr Gebet nicht erhört wurde.

„Lisbeth!" flüsterte jemand.

Oder war das der Wind???

Lisbeth spürte einen Strudel, der sie verschlingen wollte, Lisbeth spürte, dass eine Ohnmacht nahte, Lisbeth biss sich auf die Lippe, spürte einen Tropfen warmes Blut und tat dann, was sie von ihrer Mutter gelernt hatte.

„Hau ab!" schrie sie. „Hau ab, du hast hier nichts zu suchen, geh fort!"

Als Johann das Haus verließ, um zum Kutscher hinüberzulaufen, hatte der Regen ein wenig nachgelassen. Er hatte Lisbeths Geschrei gehört und auf eine Maus getippt. Auf Schloss Hülshoff wimmelte es von Mäusen, im Haus ebenso wie in den Ställen und Scheunen, die Katzen hatten zu tun, aber sie kamen nicht gegen sie an.

Johann flog ein Lächeln übers Gesicht.

Ihm schien, dass die Frauen der Uburuni sich kaum von denen der Bekwai unterschieden. Kleine Tiere, die über den Fußboden flitzten, ließen sie leicht die Fassung verlieren.

Johann versuchte, die Pfützen so gut es ging zu umgehen, er tanzte auf Zehenspitzen über den Hof, als plötzlich jemand „Pssssst, Junkerdink, Mohrenkind!" rief.

„Alfons?" Johann schaute sich um.

Alfons winkte aus der Scheune zu ihm herüber.

„Was willst du, Alfons?"

„Treffen wir uns heute Abend?"

„Ich weiß nicht, Alfons, ich muss auftragen und bedienen."

„Du musst kommen. Ich zeige dir etwas!"

„Was denn?"

„Wirst du schon sehen!" sagte Alfons geheimnisvoll.

Johann war einen Augenblick abgelenkt, er war neugierig, er hätte gern sofort gewusst, woraus Alfons so ein Geheimnis macht.

„Komm, sag schon!", rief er.

„Nein, nein, heute Abend", antworte Alfons, und so kam es, dass Johann mit beiden Füßen in einer tiefen Pfütze landete, die sich in einer der vielen Wagenspuren gebildet hatte. Matsch und Wasser spritzen zu allen Seiten, Alfons lachte und Johann drohte ihm mit der Faust.

Aber die beiden waren ja beste Freunde.

Alfons hatte, wenngleich ein wenig verstört von aller Fremdheit, die Johann ausstrahlte, als er zum ersten Mal auf dem Hof erschienen war, sofort gespürt, dass da jemand war, den er mochte, jemand, der ihm nah war, noch eh er auch nur ein Wort mit ihm hätte wechseln können.

Johann war es ähnlich gegangen.

Er war von der Fremdheit der Uburuni verstört, noch viel mehr vielleicht, als die Uburuni von ihm, aber auch er hatte bei Alfons sofort gespürt, dass da ein Mensch war, der ihm Gutes wollte.

Auf wundervolle Weise war ihre Freundschaft seitdem immer fester geworden, und Johanns Drohgebärde mit geballter Faust war nichts weiter als eine liebevolle Geste.

Sollst mal sehn, wenn ich dich kriege! sollte das heißen und Alfons wiederholte sein Junkerdink, Mohrenkind, holt sich nasse Füße...

Alfons durfte so etwas sagen.

Wenn Alfons so etwas sagte, klang es liebevoll.

Es klang, als bewundere Alfons seinen Freund, als sei er stolz darauf, jemand gefunden zu haben, der den Horizont seiner kleinen westfälischen Welt um einen ganzen Kontinent erweiterte.

Ganz anders war es, wenn Lisbeth spottete.

Bei ihr klang es, als fürchtete sie, Johann könne ihr etwas nehmen.

Bei Alfons zählte das alles nicht.

Johann verzieh Alfons sogar die dummen Fragen.

Die nach seiner Heimat etwa, die immer gleich waren und immer darauf hinaus liefen, ob es tatsächlich wahr sei, dass sie Heiden wären, sich mit Affen paarten und Menschen fräßen.

Wenn Alfons so etwas fragte, fletschte Johann die Zähne, schrie „Ugamuga ugamuga" oder ähnlichen Blödsinn, klopfte sich auf die Brust und dann lachten beide und damit war die Sache erledigt.

Johann fand den Kutscher schlafend.

Er weckte ihn. Offenbar hatte er tief geschlafen, denn als er die Augen aufriss und Johann saß, zuckte er zusammen, als hätte er den Gottseibeiuns persönlich gesehen, aber dann fasste er sich und knurrte: „Wat makst du mich wacker, swatten Düwel, wat is denn?"

„Du sollst anspannen, der gnädige Herr muss nach Münster."

„Jetzt sofort?"

Johann nickte.

„Verdammt näää", nörgelte der Kutscher, als wäre es Johanns Schuld, dass er sein Schläfchen abbrechen und hinaus in den Regen musste. „Wat häbben die gnädigen Herrn doch een unrüiget Liäwen, dat se bi so'n Schietwiä na Mönster mueten."

Johann beeilte sich, zurück ins Haus zu kommen. Es war Zeit, den Tee zu servieren. Er ging in die Küche. Lisbeth saß beim Feuer und schälte Kartoffeln. Johann tat so, als wäre nichts geschehen, sagte, sie solle Tee machen, was sie auch tat. Wortlos und ohne Johann eines Blickes zu würdigen, stellte sie Becher, Kanne, Honig und Löffel auf ein Tablett. Johann nahm es und servierte.

13

Oktober 1758

Die Sonne stand schon halbhoch am Himmel, als Maria erwachte. Der Wind der Nacht hatte den Regen fortgeblasen. Maria war unruhig. Sie starrte an die niedrige Decke der Stube, hörte das Ticken der Uhr und das Hantieren mit Töpfen über der Feuerstelle.

„Johann?" rief sie schwach.

Johann kam mit schnellen Schritten herbei. Nicht umsonst hatte er die ganze Nacht bei ihr gewacht, keinen Moment wollte er, dass Maria allein war.

„Wie geht es dir?" fragte er erfreut. „Hast du gut geschlafen?"

Maria wurde von Hustenkrämpfen erfasst, tiefer, fest sitzender Husten war das, der ihren Körper schüttelte und Schleim auswarf, gelb und rot, blutrot.

„Eine Nacht ist wie die andere", flüsterte sie. „Sie kommt und geht, nur die ewige Nacht, die kommt nur einmal. Ich spüre, dass der Tod ums Haus schleicht, Johann."

„Sag so etwas nicht, Maria...."

„Aber es ist wahr. Warum sollte ich lügen? Mach dich darauf gefasst."

„Verlass mich nicht. Ohne dich fürchte ich mich!"

„Ein Ashanti hat keine Angst vor dem Tod!" sagte Maria.

Johann lachte. „Den fürchte ich auch nicht, Maria", sagte er und strich ihr das schweißnasse Haar aus der Stirn. „Ich fürchte mich davor, dass er dich mir nimmt, denn ohne dich bin ich nichts. Ohne dich bin ich mir und den anderen fremd. Nur bei dir habe ich mich sicher gefühlt. Alle anderen haben hinter meinem Rücken geredet."

„Jeder redet hinter jedermanns Rücken, Johann. Jeder ist des anderen Feind, das ist hier wie überall und das weißt du. Wir hatten doch unsere Liebe!"

„Und wenn ich ein Wunder erbitte?"

„Nein, Johann, mach es mir nicht so schwer. Den weisen Ratschluss des Herrn kann niemand beeinflussen. Also belass es dabei. – Erzähl lieber weiter, wie es Anansi ging."

„Wie du willst", sagte Johann. „Das Spinnenmännchen Anansi hatte den höchsten Gipfel erreicht. Jede Abend sah er sein Geliebte – die Sonne – untergehen. Weinend verbrachte er die Nächte, gebrochen vor Kummer und Gram. Aber morgens, wenn die Sonne wieder aufging, schöpfte er neue Hoffnung, weil sie ihn nicht vergessen hatte. Vor lauter Liebe vergaß er Essen und Trinken. Er träumte nur noch..."

Es klopfte gegen die Haustür.

„Ist jemand zu Hause?"

Johann schlug Marias Kissen auf, zog die Bettdecke hoch, strich ihr über die Stirn und wollte aufstehen, aber Maria hielt seine Hand.

„Nein, geh nicht fort."

„Ich bin sofort zurück!"

„Trotzdem, bleib!", bat Maria. „Bleib. Sprich ein Gebet. Ruf Ernst Constantin, wer weiß, wie lang ich noch hier bin..."

„Maria, sag so etwas nicht."

„Ruf den Sohn, bitte..."

„Ernst Constantin!"

Ernst Constantin war bei der Kuh nebenan. Es

war eine alte Kuh, sie gab nur noch wenig Milch, er war kein guter Melker, aber er gab sich Mühe. Gerade erst hatte sie ihn mit einem Schlag ihres Schwanzes mitten im Gesicht getroffen.

„Ja Vater!" sagte er und wischte sich das Gesicht sauber.

„Geh, öffne die Tür. Sag, der Vater wacht bei seiner Frau. Sag, der Vater spricht ein Gebet und möchte allein sein. Und lass niemanden hinein, hörst du!"

„Ja, Vater." Er schob den Melkschemel fort, murmelte „wart nur, Lisa, ich bin gleich zurück", klopfte ihren Hals, verließ den Stall, ging zur Haustür und öffnete sie.

Ein Bettler stand davor. Er trug einen zerbeulten Hut, unter dem sein Haar verfilzt hervor quoll, seine Augen lagen tief in den Höhlen, er trug einen grob gewebten Umhang, eine eng anliegende Hose und seine Holzschuhe starrten vor Schmutz der aufgeweichten Wege.

Kaum hatte Ernst Constantin die Tür geöffnet, verbeugte er sich ungelenk und sagte: „Guten Tag, junger Herr, ich bitte um eine milde Gabe für einen von Gott verlassenen Menschen ...." Dann brach er ab.

Brach ab, als hätte er etwas gesehen, was er nie vorher gesehen hatte, richtete sich auf und starrte Ernst Constantin sprachlos an.

Alle Unterwürfigkeit war plötzlich wie von ihm abgefallen, steif stand er dort, seine Augen weiteten sich und seine Unterlippe zitterte ein wenig.

„Oh mein Gott, ein Mohr!" rief er entsetzt, schlug ein Kreuzzeichen und rannte, ein Gebet murmelnd, so schnell er konnte davon.

„Wer ist denn da?" rief Johann aus der Stube.

„Ein Bettler, Vater."

„Gib ihm reichlich!"

„Er ist auf und davon, als er mich sah."

„Dann soll er doch hungern!" sagte Johann so laut, dass Maria erschrocken zusammen zuckte.

„Was ist denn?"

„Nichts, Maria. Ein Bettler, mehr nicht. Sogar die Bettler fürchten sich vor uns."

„Das sind dumme Menschen", flüsterte Maria. „Die wissen nichts. Die schauen nur auf das Äußere. Gräm dich doch nicht."

„Ach Maria, was soll ich bloß tun, wenn du nicht mehr bei mir bist?" sagte er. „Wer soll mich dann beschützen. Schon jetzt habe ich Heimweh, Maria. Heimweh nach dir und nach Afrika."

„Fahr mit mir übers Meer, Johann!"

„Nein, Maria, nicht übers Meer. Das Meer ist voller Sklavenschiffe!"

„Dann zaubere uns hin!"

„Ach - zaubern!" sagte Johann. „Ich bin doch kein Zauberer, das weißt du doch."

„Doch", sagte Maria. „Du bist ein Zauberer. Ich weiß es. Du hast mich verzaubert." Ein Lachen flog über ihr Gesicht, sie seufzte und schloss die Augen.

„Maria?" sagte Johann voll böser Ahnung.

Maria schwieg. Sie schien sehr weit fort, aber er sah, dass sie atmete, und so schwieg er. Blieb einfach da, wo er war, blieb, studierte ihr Gesicht, sah in jeder Falte ein Stück ihres gemeinsamen Lebens, ein Leben, dass sie mit ihm, dem Fremden, dem swatten Düwel, geteilt hatte.

Johann bewunderte sie.

„Johann?" sagte Maria nach einer Weile.

„Ja."

„Sing mir ein Lied, bitte." "Ach – ich habe alle Lieder vergessen", sagte Johann liebevoll. „Ein Leben liegt zwischen ihnen und mir, wie soll ich mich da erinnern?"

Johanns afrikanische Laute lag unbenutzt auf dem Speicher. Lange Jahre schon hatte er nicht mehr darauf gespielt. Ab und an hatte er sie herunter genommen und angeschaut, aber jedes Mal hatte er sich vor ihr gefürchtet, wie man sich vor den Geistern der Vergangenheit fürchtet.

Ein Ton nur, und sie wären wieder lebendig geworden, ein Ton, und sein Dorf wäre auferstanden, alle Schmerzen mit ihm und alle Wut, die immer noch an ihm nagte: die Wut auf die eigenen Könige, die ihn gegen Schnaps und Alkohol eingetauscht hatten, fortgerissen von seinen Eltern, die Wut auf die Sklavenhändler, die ihn gebrandmarkt, gefesselt, verschifft und wie Vieh verkauft hatten.

Dabei hatte er Glück gehabt. Glück, ja, denn er

hatte Maria gefunden, Maria, die ihn in all den hellen, oft regnerischen westfälischen Sommern und langen, kalten Winter zur Seite gestanden hatte.

Oder war es etwa umgekehrt – hatte sie ihn gefunden?

Johann wusste nicht recht.

Er wusste nur, dass sein Leben ohne Maria nicht denkbar gewesen wäre. Es wäre ein Leben in Verzweiflung und Einsamkeit geworden, denn mit wem, wenn nicht mir ihr, hätte er all die Erinnerungen teilen können?

Nein, ohne Maria wäre sein Leben beendet.

Nicht einmal die Musik könnte ihm da noch helfen.

Die Musik, die ein großer Zauberer war. Die Musik, der egal war, ob man reich oder arm war, weiß oder schwarz.

Töne, die jeder verstand, ganz gleich wo.

Alfons Brockmann hatte ihn für die Musik Westfalens begeistert, damals, als er die alte Drehleier fand.

„Pssst, Johann", hatte er gerufen. „Johann, hierher, hier bin ich, komm, ich muss dir etwas zeigen."

„Was denn?" hatte Johann gesagt. „Ich bin in Eile. Ich kann nicht lang bleiben. Der gnädige Herr hat Besuch. Sein Bruder ist da. Ich muss ihm Wein holen. Sie streiten." Dabei hatte er so getan, als sei er kein bisschen neugierig, aber seit Alfons ihm am

Nachmittag so geheimnisvolle Andeutungen gemacht hatte, war er fast vor Neugier geplatzt.

„Dann komm, schnell!"

Alfons winkte und verschwand in der Scheune. Johann folgte ihm. Als sich seine Augen ans Halbdunkel gewöhnt hatten, sah er Alfons auf einer Leiter.

„Es ist da oben!" sagte er, kletterte auf den Heuboden, und verschwand. Johann hörte seine raschelnden Schritte im Stroh, dann erklangen seltsam klagende Töne.

Das war keine Melodie, es waren einfach nur sägende Dreiklänge und ein bisschen klang es, als würden diese Töne geblasen.

Wie elektrisiert schaute Johann zum Heuboden hoch.

„Alfons!" rief er. „Alfons, was ist das?"

„Rate!" rief Alfons lachend.

„Woher soll ich das wissen?"

Alfons tauchte aus dem Dunkel des Heubodens auf.

„Hier!" rief er. „Schau!"

Das Ding, das Alfons in Händen hielt, sah aus wie ein Brotkasten, aber viel größer. Saiten waren darüber gespannt und an einem Ende war eine Kurbel.

„Was ist das?" fragte Johann.

„Eine Drehleier!"

„Drehleier?"

Johann hatte das Wort noch nie gehört. Aber dass

man mit ihr Musik machen konnte, war ihm sofort klar.

„Zeig her!"

„Langsam, langsam", sagte Alfons lachend und kletterte vorsichtig die Leiter hinab.

Johann erinnerte sich noch ganz genau an den Moment, als Alfons ihm die Drehleier gab. Vorsichtig hatte er sie genommen, so vorsichtig, wie er seinen erstgeborenen Sohn in den Armen gehalten hatte.

„Spiel!" hatte Alfons mit glänzenden Augen gesagt, als wisse er, was geschehen würde, als könne er in die Zukunft schauen.

Zögernd hatte Johann den Griff der Kurbel gefasst und begonnen zu drehen, zögernd, fast furchtsam, als bestünde die Möglichkeit, dass dieser Kasten, diese Drehleier, wie Alfons ihn nannte, ihn ein für alle Male verzauberte.

Und tatsächlich hatte sie das ja auch getan.

Seit damals hatte er kaum noch auf der afrikanischen Laute gespielt. Vielleicht hatte sein Instinkt ihm geraten, dass es nicht gut ist, immer zurückzuschauen, vielleicht hatte irgendetwas in ihm längst gewusst, dass es kein Zurück mehr gab, dass der Ort seiner Kindheit ein für alle Male verloren war und dass diese Drehleier ihn versöhnen könnte, ein bisschen versöhnen mit diesem düsteren Westfalen.

Jedenfalls hatte er seitdem, wann immer ein wenig Zeit übrig war, auf seiner Drehleier gespielt, der gnädige Herr war darauf aufmerksam geworden, und so war schließlich eines zum anderen gekommen.

„Dein Mohr macht sich, Heinrich Johann", hatte Bernhard III. von Droste Hülshoff gesagt. „Respekt!"

„Ja, Vater, da finde ich auch!"

„Man spricht über ihn. Die adligen Fräulein finden ihn ganz entzückend und so mancher Herr in Münster ist neidisch."

„Ich hab's Euch ja gesagt, Vater. Johann bringt uns Aufmerksamkeit. Man spricht über uns. Das ist gut fürs Geschäft. Habt Ihr schon einmal gehört, wenn er die Drehleier spielt, die Alfons und er in der Scheune aufgetrieben haben?"

„Ja, ja, natürlich. Er ist begabt, vielleicht sollten wir ihm eine Ausbildung zukommen lassen...."

„Ihr meint...?"

„Nun, wenn er für uns Eindruck schindet, nur weil er ein Mohr ist, wie viel Eindruck wird er dann erst schinden, wenn er ein Mohr ist, der Cembalo spielt."

„Pfarrer Dingerkuss!"

„An den habe ich auch gedacht."

Wenige Tage später kam Lisbeth zu Johann und sagte, er solle sofort kommen, Pfarrer Dingerkuss wolle ihn sprechen. Sie war ganz aus dem Häuschen.

„Der Pfarrer?" fragte Johann. „Was will er denn?"

„Das weiß ich nicht", sagte Lisbeth. „Aber du sollst sofort kommen."

Johann hatte sich auf den Weg gemacht.

Pfarrer Dingerkuss wartete im Musikzimmer auf ihn.

„Komm doch näher, Johann!", sagte er, nachdem Johann geklopft hatte und in der Tür stehen geblieben war. Er hatte sich verbeugt, aber nun wusste er nicht mehr, wie weiter.

„Sehr wohl, Hochwürden!" sagte er.

„Sag Herr Pfarrer zu mir, Johann."

„Jawohl, Herr Pfarrer."

„Du kannst dich glücklich schätzen, Johann. Der Droste hat eine hohe Meinung von dir. Wir werden uns von nun an einmal in der Woche hier im Musikzimmer treffen, und ich werde dich die Kunst des Cembalo-Spiels lehren."

„Mich?" fragte Johann, denn das übertraf alles, was er erwartet hatte. „Das Cembalo, Hochwürden?"

„Ja, Johann. Dort steht es. Setz dich einmal daran."

„Jawohl, Herr Pfarrer", sagte Johann und ging vorsichtig näher.

„Nur keine Angst, es beißt nicht", sagte Pfarrer Dingerkuss.

„Jawohl, Herr Pfarrer", sagte Johann und setzte sich. Wie fremd und schön dieses Cembalo war.

„Ich höre, du spielst eine Art Laute?"

„Ja, Herr Pfarrer. Soll ich sie holen?"

„Später vielleicht, Johann. Spiel ein paar Töne..."

„Wie?" fragte Johann.

Pfarrer Dingerkuss lachte und machte es ihm vor. Johann machte es ihm nach.

„Na – gefällt dir der Klang des Cembalo?"

„Ja, Herr Pfarrer."

„Glaubst du, dass du es beherrschen lernst?"

„Ja, Herr Pfarrer, ganz bestimmt."

14

November 1704

Alfons hatte die Scheune verlassen und war auf dem Weg ins Schloss, um Eier dorthin zu bringen, als er auf der Gräfte lautes Entenschnattern und panisches Flügelschlagen hörte. Fünf, sechs Enten rannten wie von Furien gejagt mit schlagenden Flügeln übers Wasser, stiegen auf und flogen laut schreiend Richtung Dorf davon.

Kiekes, den verdammten Kiärl! dachte Alfons.

Der verdammte Kerl war ein Wels. Alfons hatte ihn erst einmal gesehen, letzten oder vorletzten Sommer war das, als Johann und er nach dem Baden unter der Hängeweide gesessen hatten.

Alfons schwor ihm Rache.

„Dich krieg ich schon noch!" knurrte er, während er die Wasseroberfläche absuchte und gar nicht bemerkte, dass Johann sich von hinten heran schlich.

Als er Alfons ergriff, einen Arm um seinen Brustkorb legte und die Hand seines anderen Arms vor seine Augen presste, erschrak Alfons so sehr, dass er einen Schwall wilder Flüche ausstieß, einer so hart und gemein, dass Johann erstarrte.

„Gottverdammter Menschenfresser!"

Aber dann hatte Alfons sich schon wieder gefangen und sagte: „Johann, das musst du nicht machen. Ich wär fast gestorben. Woe geit die dat denn?"

„Gut", sagte Johann. „Und selbst?"

„Muot so", sagte Alfons.

Jetzt war er wieder der Alte. Streckte sich, schaute Johann an, lachte. War wieder sein Freund, oder? War jemand, auf den Johann sich verlassen konnte, jemand, der sich vor ihn stellte und ihn beschützte, wenn der Spott der anderen zu groß wurde.

Jemand, der das vom ersten Tag an getan hatte, ungefragt, ohne etwas dafür zu verlangen.

Ja, war er das? Alfons, sein Freund?

Johann versuchte zurückzulächeln, aber der Schreck über dieses wütend hervorgestoßene „gottverdammter Menschenfresser" steckte ihm noch zu tief in den Knochen. Das musste ein anderer Alfons gesagt haben als der, den er seinen besten Freund nannte. Sein Freund hätte das nie gesagt.

Nie, nie, nie.

Manchmal nannte Alfons ihn Mohrenkind, was nicht weiter schlimm war, vor allem deshalb nicht, weil Alfons es gesagt hatte.

Dann wieder hänselte er ihn mit einem Kinderreim:

Johann Junkerdink der Mohr, ist schwärzer als ein Ofenrohr.... Auch damit konnte Johann leben, zumal er inzwischen gelernt hatte, wie man sich wehrt.

Alfred Brockmann, Freund des Mohren, hat zwei tellergroße Ohren! konterte er.

„Stimmt!" brüllte Alfons. „Aber tellergroß ist übertrieben!" Er schlug sich auf die Schenkel vor Lachen.

„Schwarz wie ein Ofenrohr aber auch!" sagte Johann. „Braun bin ich, braun wie Kaffeebohnen."

Das alles war Spielerei.

Der Ton machte dabei die Musik.

Aber gegen „gottverdammter Menschenfresser" war kein Kraut gewachsen. Das musste Johann erst einmal verdauen und so beschloss er, schnell weiter zu gehen, damit Alfons nicht sah, wie schwer er ihn getroffen hatte.

Aber Alfons hatte das längst gemerkt.

Alfons Ohren glühten vor Scham, Alfons stammelte eine Entschuldigung, Alfons sagte: „Johann, bitte, das ist mir so rausgerutscht. Sei mir nicht böse, ich bin doch dein Freund!"

„Uburuni!" zischte Johann kaum hörbar, aber so schneidend scharf, dass Alfons zum ersten Mal, seit die beiden sich kennen gelernt hatten, begriff, wie groß die Kluft zwischen ihnen war, wie fern Johann ihm und er Johann war, wie wenig sie voneinander wussten und je wissen würden, wie unüberwindbar das Leben des einen vom Leben des anderen getrennt war.

Nicht einmal die Sonne, die für alle schien, war für Johann die gleiche. Nicht die Luft. Nicht der Wind. Nicht Sommer und Winter, nicht Frühjahr und Herbst.

Möglich, dass er geduldet war. Auch möglich, dass er sich verständlich machen konnte, aber das war etwas anderes, als verstanden zu werden.

Er gehörte nicht dazu. Er hatte weder Heimat noch Verwandte. Einsamkeit war sein einziges Privileg. Allerdings war das ein sehr zweifelhaftes Vergnügen.

„Hör mal, ist das denn wahr?", versuchte Alfons das Thema zu wechseln.

„Was?" fragte Johann.

„Dass du Musik studierst. Man sagt, du bekämst Unterricht!"

Johanns Augen begannen zu leuchten. „Ja Alfons, stell dir vor! Der gnädige Herr hat es mit Pfarrer Dingerkuss so besprochen. Ja. Ich soll das Cembalo spielen."

Für Momente vergaß Johann alles um sich herum. Wie froh er war, dass er etwas gefunden hatte, das ihm den Verlust seiner Heimat ersetzte.

Musik!

Wie unbeschwert er sich fühlte, wenn er Musik machen durfte. Manchmal träumte er davon, nichts anderes mehr zu tun. Er würde erwachen und das erste wäre Musik. Er würde zu Bett gehen und das letzte wäre Musik. Von früh bis spät und immer so weiter.

„Du bist ein Glückskind, Johann! Ein Mohr, der das Cembalo spielt. Da wird man staunen."

Johann nickte.

Johann schaute Alfons an, aber Alfons hatte es nicht begriffen. Alfons hatte nicht begriffen, dass es ihm egal war, ob andere nun staunten, dass ein Mohr Cembalo spielte. Er hätte sich gefreut, wenn sie darüber gestaunt hätten, wie gut er Cembalo spielte. Schließlich machte er Musik, weil er Musik liebte. Nicht, weil er ein Mohr war. Er machte Musik, weil er musikalisch war. Darum. Und weil der gnädige Herr das erkannt hatte. Dafür war Johann ihm dankbar.

Pfarrer Dingerkuss war ein kleiner dicker Mann.

Wenn Johann übte, saß er oft neben ihm und stellte seltsame Fragen. Etwa, ob die Frauen in Afrika – Gott möge ihnen verzeihen – tatsächlich nackt seien, so wie man es sich erzählte. Ob es wahr sei, dass Männer mehr als eine Frau hätten, so wie seinerzeit die Widertäufer in Münster?

Und ob sie tatsächlich Kinder opferten, so wie die Juden.

Und ob Männer, wenn sie ihre Frau straften, ihnen tatsächlich Körperteile abschnitten. Bei Ehebruch, so habe man ihm erzählt, etwa die Nase, nach dem Verrat von Geheimnissen die Lippen und für heimliches Belauschen eines Gespräches die Ohren?

Johann wusste nicht, was er darauf antworten sollte.

Er wusste nicht, woher Pfarrer Dingerkuss diese merkwürdigen Fragen nahm, er wusste nicht, wer die Widertäufer waren, es wusste nicht, was Juden sind, nichts, gar nichts wusste er und so zuckte er einfach nur die Achseln, schwieg und spielte weiter.

Seit er auf Hülshoff lebte, war so vieles geschehen, dass er die heimatliche Sprache schon fast vergessen hatte, mehr noch, er wusste nicht einmal mehr, wie es dort zugegangen war.

Die Stille um ihn, hervorgerufen durch sein Fremdsein in Westfalen, diese Stille, die ihn immer und überall allein ließ mit seinen Gedanken, hatte auch das Land der Sümpfe und Flüsse verstummen lassen. Noch war es nicht ganz und gar fort, aber seine Umrisse wurden mit jedem Tag weniger.

Alfons sagte: „Dann musst du mir bald einmal etwas vorspielen, Johann, ja?"

Johann fragte, wie er das machen solle, das Cembalo stünde doch im Kaminzimmer und Alfons dürfe da nicht hinein.

„Ach", sagte Alfons, „da fällt mir schon etwas ein. Vielleicht ist am Kamin etwas kaputt und ich muss es richten. Wart nur, das wird schon."

Und so ging jeder seiner Wege.

Johann machte sich auf den Weg ins Dorf, um Besorgungen für den gnädigen Herrn zu machen, Alfons verschwand im Schloss, um die Eier in der Küche abzuliefern.

Als Johann an die Weggabelung kam, da, wo das Kreuz steht, stellte sich ihm ein Kötter in den Weg, ein von schwerer Arbeit gebeugter Mann mit Händen so hart wie Schaufeln. Pflanzte sich vor ihm auf und sagte: „Swatten Düwel, hier darfst du nicht vorbei, dieser Weg ist nur für Christenmenschen", und bekreuzigte sich.

Johann antwortete, er sei im Auftrag des Droste unterwegs, sein Auftrag dulde keinen Aufschub, außerdem sei er ein Christenmensch, bekreuzigte sich ebenfalls und ging weiter, ohne dem Schwall von Flüchen Beachtung zu schenken, die der Mann ihm hinterher rief.

Ein paar Tage später tauchte Alfons genau zu der Zeit im Kaminzimmer auf, als Johann dort Cembalo übte. Pfarrer Dingerkuss war für einen Moment hinaus in die Küche gegangen, um eine Suppe zu essen.

Alfons setzte sich auf einen Hocker.

„Na dann lass doch mal hören", bat er und Johann spielte. Alfons konnte kaum eine einfache Melodie flöten, aber von Rhythmus verstand er etwas. Vom einfachen Rhythmus der Dreschflegel, vom Rhythmus der im Wind pfeifenden Flügel der Windmühle, vom Rhythmus des Glockengeläuts, das bei Südostwind manchmal vom Dorf herüber wehte, vom Rhythmus des Regens auch und von den Paukenschlägen des Donners.

Seine Fingern begannen automatisch zu zucken, wenn Musik erklang, und so kam es, dass er – während Johann spielte – auf seinen Oberschenkeln zu trommeln begann, ohne zu bemerken, dass Pfarrer Dingerkuss zurückgekehrt war.

Auch Johann hatte das nicht bemerkt.

Johann spielte das Lied auswendig und mit geschlossenen Augen. Pfarrer Dingerkuss sah das nicht gern. Er wollte, dass Johann vom Blatt spielt. Musik sei nämlich nichts weiter als die Organisation von Tönen in einer bestimmten Zeit, und das erfordere Disziplin, sagte er.

Johann hatte versucht, ihn zu verstehen, fand aber, dass Musik mehr wäre als das präzise Aneinanderreihen von Tönen mit Anfang und Ende und Zwischendrin in einer bestimmten Zeit. Viel mehr.

Gerade, wenn er mit geschlossenen Augen spielte, spürte er das deutlich. Er hörte dann, dass der Komponist mit ihm sprach. Er hörte Fröhliches und Trauriges, Schönes und Schauriges, aber was immer es auch war, es bestätigte ihn darin, dass auch die Uburuni Gefühle hatten.

Die gleiche Gefühle wie er.

Womöglich, dass sie auch Heimweh kannten?

Johann spielte lauter als sonst. Aller Kummer war fort. Das Heimweh hatte jetzt keine Chance, denn er war ja zu Hause, jeder Ton war sein Haus. Jede Pause dazwischen auch.

Als Pfarrer Dingerkuss mit der flachen Hand aufs

Cembalo schlug, sprang Alfons auf und rannte hinaus.

Johann brauchte einen Moment länger, um zu begreifen, was los war. Als er die Augen öffnete, sah er Pfarrer Dingerkuss bebende Nasenflügel und furchtsam geweitete Augen.

„Will du wohl aufhören mit diesem Radau!" sagte der Pfarrer entsetzt. „Was spielst du denn da? Was ist das denn bloß? Hast du denn gar keinen Respekt?" Er schien fassungslos.

Johann brach ab.

Pfarrer Dingerkuss brauchte einen Moment, eh er sich gefasst hatte. Dann sagte er streng: „Johann, lass mich einmal, ich spiele dir vor, wie es geht."

Johann stand auf.

Pfarrer Dingerkuss schob sich den Schemel zurecht, setzte sich, legte die Hände auf die Tasten, warf den Kopf zurück wie ein scheuendes Pferd und begann zu spielen.

Johann erkannte nichts wieder. Nicht, dass er nicht gehört hätte, dass Pfarrer Dingerkuss die gleichen Noten spielte wie er, nein, aber unter seinen Fingern klang das, was ihm gerade das Heimweh vertrieben hatte, plötzlich wie eine wütend ausgestoßene Drohung.

Gottverdammter Menschenfresser! dachte Johann, denn seit er ein Christenmensch war, wusste er, was das bedeutete. Beim Abendmahl, so hatte der Pfarrer erklärt, wurde der Leib Christi gegessen und sein Blut getrunken.

„Menschenfresser!"

„Was sagst du?" fragte Pfarrer Dingerkuss verstört.

„Nichts, Herr Pfarrer, gar nichts!", beeilte sich Johann zu sagen.

Seltsame Uburuni.

Beten einen Gekreuzigten an.

Essen seinen Leib. Trinken sein Blut.

Nein, ich bin hier nicht zu Hause.

„Johann!" sagte Pfarrer Dingerkuss.

„Ja Herr Pfarrer."

„Komm, spiel noch einmal, jetzt hast du ja gehört, wie es geht."

Johann setzte sich hin und spielte. Er versuchte erst gar nicht, die Stimme des Komponisten zu hören. Er spielte nur, was auf dem Papier stand.

Pfarrer Dingerkuss war einverstanden.

„Schluss für heute!" sagte er. „Gut gearbeitet. Da will ich dir dein kleines Duett mit Alfons verzeihen." Er lachte und Johann lachte zurück.

Als er schon fast aus der Tür war, rief der Pfarrer ihn noch einmal zurück. „Johann?"

„Ja Herr Pfarrer?"

„Komm bitte noch einmal hierher. Ich muss dich etwas sehr Persönliches fragen. Im Dorf erzählt man sich, dass sie dich geraubt hätten. Fortgerissen von deinen Eltern und deinen Geschwistern. – Ist das wahr?"

Er schaute Johann wohlmeinend an. Er hatte sich seine Gedanken gemacht und hoffte, sie von Johann bestätigt zu finden.

Aber diesen Gefallen tat Johann ihm nicht.

„Ja, Herr Pfarrer", sagte er. „Es waren Männer wie ihr. Wir nahmen sie zuerst gar nicht ernst, aber sie hatten Gewehre."

„Männer wie ich?", sagte Pfarrer Dingerkuss leise, so leise, dass man hätte glauben können, er wolle das lieber nicht laut sagen. „Christenmenschen, sagst du?"

„Ich weiß nicht, ob es Christenmenschen waren", sagte Johann langsam und deutlich. „Aber sie hatten die gleiche Farbe wie ihr."

Pfarrer Dingerkuss erbleichte.

Pfarrer Dingerkuss wischte sich kalten Schweiß von der Stirn. Er rieb sich die Hände und rang nach Luft, aber er schwieg.

Johann stand nur da und schaute ihn an.

„Nun geh", sagte der Pfarrer schließlich fast tonlos. „Und möge der Herr dich auf all deine Wegen beschützen. Amen."

„Amen", sagte Johann und machte sich schnell davon.

Pfarrer Dingerkuss war ein merkwürdiger Mann. Johann wusste nicht recht, ob man ihm trauen konnte, so, wie er Alfons traute.

Er glaubte, besser nicht.

Außerdem fiel es ihm schwer, die Geschichten, die

Pfarrer Dingerkuss ihm manchmal erzählte, diese oft blutrünstigen biblischen Geschichten, von denen der Pfarrer behauptete, sie seien gültige Wahrheit, zu glauben.

Aber dieses einfache Wort, dieses Amen, das gefiel ihm.

Das war wie ein Zauberspruch.

Amen.

Manchmal, wenn er allein war und voller Verdruss, sagte er Amen und fühlte sich besser. Fühlte sich weniger allein. Fühlte sich aufgehoben.

So, als wäre da jemand, der auf ihn Acht gab.

Pfarrer Dingerkuss hatte er davon aber noch nie etwas erzählt. Der würde das bestimmt nicht verstehen.

Nein, dieses Amen war Johanns Geheimnis.

Nicht einmal Alfons wusste davon.

Nur er und der liebe Gott wussten das.

Manchmal aber wurden aus dem Gott der Uburuni wieder Fetische, Geister, die höheren Wesen der Bekwai. Und mit ihnen meldete seine afrikanische Seele sich zurück, schob alles beiseite, was er in den Jahren, die er schon auf Hülshoff lebte, vergessen geglaubt hatte.

Uburuni! drohte er dann und vermied tagelang jeden Kontakt mit diesen weißen, seltsam riechenden Menschen, die ein Land bevölkerten, dass sich hinter Nebeln versteckte und vor Feuchtigkeit und Kälte tief in sich hinein kroch.

Uburuni!

„Kiekes, da kümmt ussen Swatten!!! riefen sie.

„Süsst doch nicht glaiwen, dat Mensken so schwatt sien kunnt."

Bis in seine Träume verfolgten sie ihn.

Und manchmal waren die Männer, die ihn in Ketten gelegt, an die Küste verschleppt und auf Schiffe gebracht hatten, die gleichen Männer, denen er auf Schloss Hülshoff begegnete, die, die ihn Affenprinz! nannten.

Bauernjungen, die Menschenfresser! schrieen und mit Steinen nach ihm warfen, wenn er auf dem Weg ins Dorf war, halb entsetzt, halb belustigt.

„Kiekes, den Krüsselkopp, da kümmt den swatten Mann!"

Wenn Johann sich dann herumwarf, wenn er versuchte, seinen Träumen und ihnen zu entkommen, wenn er sich aufbäumte, wenn er versuchte, wegzuducken, damit sie ihm kein Brandmal auf die Schulter brennen konnten, wenn er die Ketten abgestreift hatte und seine Verfolger weit hinter sich wusste, landete er doch immer wieder nur in der Gegenwart:

Mitten im Lande der Uburuni.

Schloss Hülshoff. Westfalen.

Ihm war kalt. Er sehnte sich nach Wärme.

15

Oktober 1758

„All die Jahre Johann, verflogen wie ein Spuk. Wir haben es doch gut gemacht, oder?"

„Natürlich, Maria!" Johann strich ihr das verschwitze Haar aus der Stirn. Ihre Augen hatte allen Glanz verloren. Ihre Stimme war brüchig geworden. „Natürlich haben wir es gut gemacht." Was hätte er sonst sagen sollen? – Das, was er manchmal dachte? – Das, was ihn in seinen düstersten Stunden um den Schlaf brachte?

Alles nur meine Schuld!!!

Nie hätte ich Maria hinein ziehen dürfen in mein Leben. –

Nie Kinder haben mit ihr, denn wie sollten diese Kinder leben, wenn weit und breit niemand wäre, mit dem sie ihr Schicksal teilen könnten?

Weit und breit niemand, der Antworten hätte auf ihre Fragen.

Wie all die komplizierten Verwicklungen lösen, die so ein Leben mit sich brachte? –

Wie sollten sie fröhlich sein, wie Freunde finden, wenn doch immer und überall wie mit einem Brandmal auf ihre Stirn geschrieben stand, dass ihr Vater ein Sklave war, ein Schwarzer, ein Christenmensch zwar, aber ein Schwarzer, dem jeder fast alles zutraute, denn man wusste ja nichts, was immer man sich erzählte, kannte man nur vom Hörensagen.

Nein, ich hätte Maria nicht ansprechen dürfen. Die Zunge hätte ich mir abbeißen sollen. Alles war meine Schuld, alles nur meine Schuld.

Vom ersten Tag an, meine Schuld.

Aber gab es das überhaupt, wenn man sich liebte? –

War Maria denn nicht meine einzige Rettung und ich ihre? –

Und hatte der Pfarrer uns nicht den Segen gegeben.

Alles meine Schuld, dachte er.

„Was, was murmelst du da?" fragte Maria.

„Nichts, gar nichts Maria."

„Nun sag schon, Johann. Du weißt, dass nicht mehr viel Zeit bleibt ..."

„Ich dachte daran, wie ich dich zum ersten Mal sah!"

Bilder taumelten heran wie Schmetterlinge. Eines schöner und klarer als das andere.

Maria Herz, die Tochter des Küsters von St. Pantaleon, war unerreichbar und fern wie die Heimat.

Lisbeth hätte er haben können! Lisbeth spottete zwar, aber es war auch Lisbeth, die ihm auflauerte, häufig in der Scheune oder im Dunkeln irgendwo, die dann schrie und so tat, als habe sie Angst, aber das war nie der wirkliche Grund.

Aber Lisbeth hatte ihn nie interessiert. Und auch all die anderen Mägde nicht. Sie waren ihm alle zu blutleer erschienen. Zu dumm, manche auch. Zu laut. Zu gemein.

Bei Maria war das von Anfang an anders.

Wann immer es ging, hatte er ihr hinterher geschaut. Schauen war nicht verboten, wenngleich es besser war, wenn er es heimlich tat.

„Ja?", sagte Maria leise. „Und?"

„Ich höre noch, wie mein Herz schlug. Bis zum Hals schlug es, und so laut, dass ich dachte, es müsse zerspringen. – Ich dachte daran, wie schön es ist, dass wir uns gefunden haben. Kein Spökenkieker hätte das je voraussehen können. Kein Seher meiner Heimat, niemand, denn ein Fingerschnipp nur, und wir hätten uns nie getroffen."

„Nie getroffen?" sagte Maria entsetzt. „Sag so etwas nicht, Johann!"

„Ach, Maria, warum nicht. Das Leben ist dazu da, dass man versucht, es zu begreifen, auch wenn es nicht zu begreifen ist. Stell dir nur einmal vor, ich wäre damals, als die Männer unser Dorf überfielen, noch nicht vom Honigsammeln zurück gewesen! Sie hätten mich nie fesseln und fortschleppen können. Vielleicht wäre ich aus dem Busch zurückgekehrt und hätte ein geplündertes Dorf vorgefunden. Vielleicht wäre ich in ein Nachbardorf geflüchtet oder noch weiter fort, vielleicht wären ja andere Männer gekommen, das schon, denn sie haben ja nicht nur ein Dorf geplündert, aber dass wir uns getroffen haben, ist mehr als ein Wunder. Manchmal kommt es mir vor, als hätte ich all das nur geträumt. Dich und mich und die Kinder ..."

„Aber es war kein Traum, oder?"

„Nein, Maria."

„Der Herr hat uns fünf Kinder geschenkt?"

„Ja, Maria – weil er uns liebt."

„Und warum hat er uns vier wieder genommen?"

„Weil er uns liebt, Maria."

„Ich verstehe das nicht, Johann!"

„Verstehen?" Johann lachte. „Wie soll der Mensch denn verstehen, Maria? Er wird geboren, er lebt und er stirbt. Wie alles andere auch. Frag einen Vogel, warum? – Ach, Maria, so viele Stunden und Tage habe ich versucht, zu verstehen. Es hat zu nichts geführt. Der Herr gibt und der Herr nimmt. Niemand versteht das, Maria. Man kann es nur hinnehmen."

„Gibt auf Ernst Constantin Acht, wenn ich nicht mehr bin, hörst du!"

„Ja, Maria, natürlich."

„Achte darauf, dass er sich warm anzieht, er erkältet sich immer so leicht."

„Natürlich, Maria."

„Seltsam, von all unseren Kinder ist er der Dunkelste."

„Ja, aber keines hatte so viel Ähnlichkeit mit dir, Maria."

Maria nickte, ein flüchtiges Lächeln überzog ihr Gesicht, dann schlief sie ein.

Als sie wenig später erwachte, schien sie von weit

her zu kommen. Sie schaute Johann an, wie sie ihn nie vorher angeschaut hatte und sagte: „Erzähl mir von Lisbeth."

„Warum?" fragte Johann.

„Ich dachte nur ..."

„Was?"

„Nichts, Johann, nichts. Erzähl mir von ihr."

„Sie war eine freche, aufdringliche Magd."

„Das weiß ich. Und du mochtest sie."

„Ja, sehr gern", sagte Johann, „aber nachdem ich ihr erzählt hatte, ich wäre ein Menschenfresser, wurde sie zurückhaltender. Sie spottete auch nicht mehr so viel. Ich glaube, ich hatte ihr einen gehörigen Schreck eingejagt."

„Menschenfresser?" sagte Maria.

„Ja!", sagte Johann. „Einmal, gleich nach meiner Taufe, hatte sie sich an meine Seite gedrängt ...."

„Johann?" sagte sie. „Jetzt, wo du ein Christenmensch bist, will ich dich etwas fragen. Sag, ist es wahr, was sich die Leute erzählen?"

„Die Leute reden viel, wenn der Tag lang ist. Was sagen sie denn?"

„Sie sagen, dass Mohren abfärben. Stimmt das?"

„Ja, das stimmt", sagte ich ernst. „Und weißt du was?"

„Ja???" sagte Lisbeth staunend.

„Sie sind Zauberer!"

Lisbeth erschrak. „Zauberer?"

„Ja. Sie können durch die Luft fliegen und durch

die Zeit reisen. Sie sind hier und dort und können überall tun, was sie wollen."

„Das glaube ich nicht."

„Glaub, was du willst, Lisbeth."

„Sind denn alle Swatten wie du?" fragte Lisbeth zögernd.

„Alle", sagte ich. „Und soll ich dir noch etwas verraten?"

Lisbeth nickte.

„Wir fressen Küchenmägde!"

Lisbeth schrie und rannte davon.

Sorglosigkeit überflog Marias Gesicht und wischte alle Furcht fort. Für Augenblicke vergaß sie ihre Krankheit und lachte so laut, dass es in der Stube widerhallte.

Johann hörte das gern. Er überlegte, ob er Maria noch eine Geschichte erzählen sollte, aber da war ihr Lachen schon wieder vorüber, war in Husten übergegangen und alles war wie vorher: die Stube, der Wind ums Haus und all die verflogenen Jahre.

„Johann, was geschah mit Anansi, als er den höchsten Gipfel der Berge erreicht hatte?" flüsterte Maria nach einer Weile erschöpft.

„Er träumte von seiner Geliebten, der Sonne. Doch eines Tages erhob sich ein Sturm. Anansi stemmte seine Beine in den Boden und klebte den Hinterleib auf die Erde. Er wollte nicht fortgeweht werden. Er wollte bleiben, wo er seiner Geliebten am nächsten war."

Maria tat einen tiefen Atemzug.

„Maria?"

Maria schwieg.

„Maria?" wiederholte Johann beunruhigt.

Angst fegte durch seine Adern wie ein wütender Sturm, bereit, in Bruchteilen von Sekunden alles zu zerstören, was Jahre und Jahre gebraucht hatte, zu wachsen, zu leben, die Stube erträglich zu machen, und Johann zu versichern, dass er nicht ausgestoßen war von den übrigen Menschen.

Hier nicht. Nicht in dieser Stube. Hier war Maria. Hier hatten Maria und er ihr Leben gelebt. Ihr Leben als Gleiche. Nirgendwo sonst wäre das möglich gewesen.

„Maria, schläfst du?"

Maria seufzte erwachend. „Was ist denn?"

„Ach nichts, es wird wohl der Wind gewesen sein, der ums Haus streicht."

„Die Uhr ist stehen geblieben, Johann. Du musst sie aufziehen, hörst du!"

„Nachher Maria."

Johann dachte an seine Mutter. Aber so sehr er sich auch bemühte, die Erinnerungen waren verblasst. Kaum tauchte ein Gesicht auf, ein fernes Gesicht, dass das Gesicht seiner Mutter hätte sein können, verschwand es schon wieder. Kaum spürte er die Wärme ihres Lachens, legte sich die Kühle der westfälischen Oktobernacht darüber.

Johann stand auf und legte Holz auf den Kamin.

„Mutter – Mutter, bist du da?" flüsterte er.
Keine Antwort.
Über all die Jahre und Tausende von Kilometern erinnerte er sich nur an ihre Blicke. Blicke aus dunklen Augen. Ganz deutlich sogar. Ein Blick von ihr konnte heilen. Ein Blick machte alles gut.
„Mutter?"
Sie antwortete nicht. Vielleicht hatte sie ihn längst vergessen, so wie er sie all die Jahre vergessen hatte. –
Aber war das denn möglich?
Konnte eine Mutter ihr Kind vergessen? –
Nein, das glaubte er nicht.
Nur er – er hatte sie vergessen.
Johann seufzte.
Über all die Einsamkeit in der Fremde, über die Mühe, sein Leben so gut zu leben es eben ging, hatte er sie vergessen.
Dafür schämte er sich.
Er schaute in die tanzenden Flammen des Kaminfeuers, schloss die Augen und genoss den Widerschein des Lichts hinter den geschlossenen Lidern.
Plötzlich war da ein Dorfplatz. Kinder spielten. Er war eines der Kinder. Frauen stampfen Hirse. Junge Frauen. Mütter. Worte schwirrten heran. Worte wie Nachtfalter, taumelnd. Doch so sehr Johann sich auch bemühte, greifen ließen sie sich nicht, und als er sie schließlich verstand, machten sie keinen Sinn. Sie waren in einer Sprache gesprochen, die nur noch Klang war, mehr nicht. Falls einmal Sinn hinter ih-

nen verborgen war, hatte er ihn vergessen.

Oder war das sein Name?

Rief sie ihn? – Nein, sie rief nicht. Nein, wahrscheinlich war das nicht einmal seine Mutter. Wahrscheinlich hatte man auch sie fortgeschleppt, weit weit fort.

Sicher war sie längst tot. War nur noch ein ferner Hauch in seinen Gedanken, mehr nicht. Kein Bild, kein Name, nur die Wärme ihre Blickes, mehr war nicht von seiner Mutter geblieben. Und die Gewissheit, dass es sie gegeben hatte. Ganz gleich, ob da Bilder waren oder nicht: jeder Mensch hatte eine Mutter.

Zumindest eine Gewissheit.

Johann versuchte sich an seinen Namen zu erinnern, aber auch das gelang nicht.

Bekwai? – Hatte sie ihn Bekwai genannt? –

Nein. Bekwai hatte die Uburuni gesagt.

Maria war eine Uburuni.

„Was? – Was sagst du, Johann?"

„Nichts, Maria. Ich versuche mich zu erinnern."

„An Afrika, Johann?"

„Ja."

Afrika.

Auch so ein Wort, dass die Uburuni ihm in den Schädel gepflanzt hatten wie alles andere. Wie die Bilder von unter Segel gesetzten Schiffen, die Bildern von Küsten und Städten, die Bilder von schneebedeckten Bergen und Flüssen, die Bilder von Frühling, Sommer, Herbst und Winter.

Die Bilder von Schnee!!!

Wie sehr Johann sich gefürchtete hatte, als eines Tages die ersten Flocken vom Himmel taumelten wie Vogelfedern so leicht.

„Alfons!" hatte Johann gerufen. „Alfons, komm schnell. Vogelfedern fallen vom Himmel. Alfons, schnell Alfons, was hat das zu bedeuten?"

„Was schreist du so, Johann?"

„Sie doch, da draußen!!!"

„Ach das!!!" Alfons begann zu lachen. „Das kennst du nicht, wie?"

Johann schüttelte den Kopf.

„Na dann komm!" sagte Alfons. „Komm, ich zeige dir, was das ist."

Die beiden waren hinaus auf den Hof gegangen. Alfons hatte sich gebückt, hatte zwei Hände voll dieser vom Himmel taumelnden weißen Federn genommen und ihm ins Gesicht geworfen.

Brrrrrr, war das kalt.

„Was ist das, Alfons?"

„Schnee!" sagte Alfons. „Wir nennen das Schnee. Gibt es das nicht da bei euch, da in Afrika???"

Afrika??? –

Was sollte das sein?

Johann kannte kein Afrika mehr.

Vielleicht hatte es nie eins gegeben.

Sein Afrika hieß: Westfalen. Schloss Hülshoff. Roxel.

Seit er denken konnte, war das seine Welt.

Die Welt vorher, die Welt, die hinter den Flüssen, Bergen, Städten und Meeren lag, mochte Afrika sein.

Hier jedenfalls war das nicht. Hier war jetzt sein Land, ein Land, dass er nie freiwillig betreten hätte.

Aber es war nun einmal, wie es war. Hier hatte er Freunde. Hier waren seine Kinder groß geworden. Hier hatte er sein Leben gelebt und lebte es immer noch.

Ein Leben??? –

Was für ein Leben denn?

War er denn nicht ein Ashanti?

War er nicht als Kind mit Speer, Pfeil und Bogen unterwegs gewesen? Oder hatte er nur zuschauen dürfen, wenn die Männer auf Jagd gingen?

Nicht einmal das wusste er noch. Gar nichts wusste er.

Hieß das Land, aus dem er kam, nicht das Ashanti Land?

Ja, er glaubte, dass es so hieß.

„Ashanti!" flüsterte er, „Ashanti..ashhhhannntiiiii...", er versuchte sich den Klang auf der Zunge zergehen zu lassen, aber es klang nicht nach Heimat.

Seine Zunge hatte sich längst an das Westfälische gewöhnt. An die Sprache der Uburuni. Die Sprache seiner Herren, die jetzt seine eigene Sprache geworden war.

Ein Herr war er deswegen noch lange nicht.

Ein paar Jahre war es jetzt her, als er zum ersten

und einzigen Mal, seit man ihn aus seinem Dorf fortgeschleppt hatte, einen anderen Schwarzen getroffen hatte.

Einen Kammermohren wie ihn. Einen, der herausgeputzt in der Ecke stand und jeden Befehl seiner Herrschaft erfüllte.

Zuerst war die Verlegenheit groß gewesen.

Der eine wusste ja nichts vom anderen, der eine war ein Ashanti und der andere vielleicht ein Donko, einer dieser verhassten Donkos aus den nördlicheren, der Sahara zugewandten Landesteilen, aber ganz gleich, was er war, hier im tiefen Westfalen teilten sie ein und dasselbe Schicksal.

Der Herr des einen war vielleicht mächtiger als der eigene Herr oder umgekehrt, wer hätte das sagen können, die Herren lagen in ständigem Streit.

Das Einzige, was die beiden verband, war die Farbe ihrer Haut und das Brandmal, dass sie unter feinen Stoffen verborgen trugen und sie als Ware kennzeichnete.

Als Eigentum eines anderen.

Eine gemeinsame Sprache hatten sie nicht.

Vielleicht war es aber auch nur so, dass sie nach all der Zeit nicht mehr zu ihr fanden, jedenfalls hatten sie in der Sprache der Uburuni miteinander gesprochen.

Auch er trug einen Uburuni Namen.

Auch in seinen Erinnerungen gab es Angst, Schmerz und die Hoffnung, doch noch gerettet zu werden.

Und es gab die Enttäuschung, als alles vorbei war. Als er an andere gekettet das Meer vor sich sah, dieses weite, unendliche Meer, von dessen Existenz er nie vorher gehört hatte.

Den wilden Atlantik, dessen Wellen mit Macht auf die Küste zurollten, und die kleinen Boote, mit denen die Sklaven zu den Schiffen hinaus gebracht wurden, auf und nieder warfen wie Nussschalen.

Das Schreien der Männer und Frauen. Ihre verzweifelten Versuche, über Bord zu springen und zu ertrinken, um die Heimat nicht mit unbekanntem Ziel verlassen zu müssen.

Vielleicht war das Vergessen ein Segen. Vielleicht musste man seine Erinnerungen begraben, wenn man die Heimat verließ. Vielleicht war das die einzige Möglichkeit, weiter zu leben.

Vielleicht wären Johanns Erinnerungen lebendig, wenn er mit anderen Schwarzen zusammen geblieben wäre. Er hatte gehört, dass es adlige Häuser gab, an denen mehr als ein Schwarzer lebte. In Kassel sollte es sogar ein Dorf geben, ein Dorf nur von Schwarzen bewohnt.

Aber wo war Kassel? –

Er kannte nur Roxel. Und Münster. Und Havixbeck.

Vielleicht hätte man in Kassel gemeinsam Lieder singen können. Vielleicht hätte man sich die Geschichten der Ashanti erzählt, denn die Welt der Ashanti lebt in Geschichten. Ashanti schrieben nichts auf. Ashanti bewahrten alles Wissen von sich und der Welt im Gedächtnis des Einzelnen auf.

In Liedern. In Geschichten.

Wie groß und rot die Sonne über seinem Dorf aufgestiegen war. Plötzlich sah er es deutlich. Ein orange-rotes Flirren am Horizont. Die fremden Rufe der erwachenden Tiere. Die Feuer, die angefacht wurden. Rauch, der aus einfachen Hütten stieg.

Und da, dieser Mann, dieser in Tücher gewickelte Mann.

Wer war das?

„Vater? – Bist du das, Vater?"

Johanns Herz begann schneller zu schlagen.

Was war mit dem Mann? –

War er tot? –

Von einem wilden Tier getötet? –

Was? Was sangen die Lieder? –

Ein Jäger. Ein Jäger, auf der Jagd getötet.

Ja. Das war sein Vater. Der tote Jäger.

Und Mutter? dachte Johann erbost. Warum erinnerte er sich denn bloß nicht so deutlich an seine Mutter???

Sein Vater lag da, die Augen geschlossen. Sein Gesicht ohne Sorge. In keiner Falte auch nur der geringste Schmerz. Fast könnte man glauben, er träume etwas Schönes.

Weise Männer beschrieben drei Kreise mit einem Topf voll brennenden Fett um sein Gesicht. Dabei sangen sie in einer fremden Sprache.

Seine Sprache.

Johann hörte aufmerksam zu, aber die Worte blieben störrisch, sie flatterten davon wie vorhin, ohne ihm zu verraten, was er so gern gewusst hätte.

Die Männer sprenkelten Wasser über die Hände seines Vaters, Hände, die alle Kraft im Kampf mit der Bestie verloren hatten, sie sprenkelten Wasser über seine Füße, Füße, die nie mehr laufen würden und gossen zum Abschied drei Schluck auf seine Zunge.

Die letzte Ölung, dachte Johann, daran erinnerte ihn diese Zeremonie. Viermal hatte er schon erleben müssen, wie Pfarrer Dingerkuss sie seinen sterbenden Kindern gespendet hatte: Katharina Elisabeth, Anna Marie Sibylla, Anna Catarina, Heinrich Johann Franziskus, und bald...

„Wieso schweigt die Uhr?" fragte Maria.

„Sie ist stehen geblieben, das weißt du doch."

„Hast du sie noch nicht wieder aufgezogen?"

„Ich habe sie nicht in Gang gebracht.

„Seltsam."

„Was ist seltsam daran?"

„Dass sie gerade jetzt ihren Dienst versagt."

„Ein Rädchen klemmt, mehr nicht. Vielleicht muss ich sie ölen."

„Nein, Johann, das ist ein Zeichen."

„Du sprichst wie ein Spökenkieker. Schlaf lieber, das wird dir gut tun."

„Schlafen kann ich noch lang genug. Erzähl mir, wie du mich zum ersten Mal sahst."

„Das weißt du doch."

„Erzähl es mir trotzdem, bitte! Ich kann es nicht oft genug hören. Mein Leben hat doch mit dir erst begonnen."

„An einem Mittwoch war es. Ich kam mit dem gnädigen Herrn ins Dorf. Er wollte den Bau der Orgel begutachten, die er der Kirche geschenkt hatte. Und da sah ich dich. Du schautest aus dem Fenster."

„Und dann?"

„Nun – ich dachte, was für ein hübsches Mädchen!"

„Ich hab aber nicht wegen dir hinaus geschaut."

„Doch, hast du wohl."

„Ich hatte dich aber vorher schon oft gesehen."

„Ich nicht. Ich hatte nur von dir gehört."

„Und was hatte man dir erzählt?"

„Dass eine Menge junger Männer verrückt nach dir wären."

„Aber ich wollte nur dich."

Johann lächelte. „Ja, ich weiß", sagte er.

Wie groß diese Liebe immer noch war. Und wie kraftvoll, denn alles hatte sie auf sich genommen. Keinen Gedanken hatte sie daran verschwendet, dass Maria, die Tochter des Küsters, nicht einfach einen Schwarzen heiraten konnte, denn sie waren nicht gleich. Weder von Geburt noch vom Stand. Allenfalls hätte Johann einen anderen Leibeigenen des gnädigen Herrn heiraten können.

Lisbeth zum Beispiel.

Ja. Lisbeth hätte er heiraten können.

Aber Maria. Ihn. Einen Schwarzen? Das war kompliziert.

Sie wusste doch, wie es um ihn stand. Sie wusste, dass die Mütter ihre Kinder festhielten, wenn er vorüber ging. Sie wusste, dass die Kutscher ihre Pferde beruhigten und die Bäuerinnen Kreuze schlugen, wenn er irgendwo auftauchte.

Sie wusste, was und wer er war:

Johann Junkerdink, das Ding des Junkers: Basta.

Ein Page.

Ein livrierter Diener, komplett mit Turban, goldenem Ohrgehänge, mit einem silbernen Ring um den Hals und einem Degen an der Seite.

Farbenfroh das alles: Rot, gelb, blau.

Und später erst: ein freier Mann.

Ein Organist. Der Organist der Kirche St. Pantaleon, deren Küster ihr Vater war.

Aber das alles hat sie nicht abgeschreckt.

Und die Wetten der Dorfburschen? Hatte sie davor nie Angst gehabt? Hatte sie nie gehört, wie sie sich die Mäuler darüber zerrissen, wie die Kinder wohl aussähen, die Maria und Johann bekämen? Ob es Affen mit Menschenköpfen wären oder Menschen mit Affenköpfen?

„Kiekes, da kümmt doch den Mohr!"

16

August 1710

Der gnädige Herr hatte Johann nicht gefragt, ob er Organist werden wolle. Wieso auch? Johann war ein Diener und er war ein Herr. Es gab keinen Grund, Johann zu fragen. Man fragte seine Leibeigenen nicht. Man bestimmte. Und Johann hätte sicher auch gar nicht gewusst, was denn antworten auf so eine Frage.

Wollte er Organist werden? -

Es war ihm schon unglaublich erschienen, dass er das Cembalo lernen durfte. Und jetzt das?

Er erinnerte sich nur, dass er Pfarrer Dingerkuss eines Tages vorfahren sah. Und dass er so merkwürdig zu ihm herüber gewunken hatte, als er ins Haus ging.

Johann hatte alles vorbereitet.

Heinrich Johann saß in seiner Bibliothek, ein großer, gemütlicher Raum mit Kamin und erwartete den Pfarrer.

Johann geleitete ihn hinein. Die beiden begrüßten sich. Pfarrer Dingerkuss setzte sich dem gnädigen Herrn gegenüber. Der gnädige Herr bot ihm Kaffee an.

Lisbeth hatte ihn gemacht. Ungern. Ungern und vorsichtig, denn diese dunklen Bohnen kamen ihr immer noch vor wie gefährliches Gift.

Mohrengift! glaubte sie.

Zauberkrams, den sie mit Johann verband, dabei wusste sie nichts. Wütend hatte sie Kaffeebohnen im Mörser so fein wie nur möglich zerstampft, mit sprudelnd heißem Wasser übergossen und ziehen lassen, hatte den Sud durch ein Sieb in eine kleine, silberne Kanne gegossen, zwei zierliche Tassen auf ein Tablett gestellt und dem gnädigen Herrn gebracht.

Der saß da und hatte sich gerade eine Pfeife angezündet.

„Ich habe beschlossen, der Gemeinde eine Orgel zu schenken", hörte sie. „Was haltet ihr davon, Pfarrer Dingerkuss?"

Pfarrer Dingerkuss glaubte, seine Ohren nicht trauen zu können. Der gnädige Herr hatte vor Jahren schon einmal eine Orgel gekauft, aber die Gemeinde hatte die Annahme verweigert. Der Kirchenrat hatte gesagt, man könne sich weder Orgel noch Organisten leisten, und so hatte der gnädige Herr die Orgel wutentbrannt einem Damenstift in Hohenholte geschenkt.

„Gnädiger Herr", begann er mit salbungsvoller Stimme. „Ihr wisst, wie die Leute sind. Ich finde eine Orgel wunderbar, aber die Roxeler sind kniepige Leute. Die fragen sich, wer sie spielt, und vor allem, wer den Organisten bezahlt."

Heinrich Johanns Gesicht leuchtete auf. Diesmal hatte er sich alles genau überlegt. Sein Entschluss stand fest. „Das lasst nur meine Sorge sein", sagte er.

Pfarrer Dingerkuss hob langsam den Kopf.

Heinrich Johann zog an seiner Pfeife und paffte dicke Rauchwolken zwischen ihn und den Pfarrer, so dass dieser zu husten begann.

Heinrich Johann lachte.

„Nehmt einen Schluck Kaffee!" sagte er jovial.

„Gern", sagte der Pfarrer, der nicht wusste, ob Kaffee eine Sünde war oder nicht. „Gern." Er nahm die Tasse vorsichtig hoch, nahm einen Schluck, schmeckte den leicht bitteren Nachgeschmack, hing für Sekunden seinen Gedanken nach, die schon um die Predigt des nächsten Sonntags kreisten, dann rieselte ein leichter Schauer der Freude seinen Rücken hinab, denn er stellte sich vor, wie die Orgel erscholl und den Raum seiner Kirche füllte.

„Dürfte ich erfahren, an wen ihr denkt?" fragte er. „Ist es jemand, den ich kenne? Aus Münster vielleicht? – Einer meiner Schüler?"

„Ja, einer eurer Schüler", sagte Heinrich Johann. Es machte ihm Spaß, den Pfarrer auf die Folter zu spannen. „Aber nicht aus Münster."

„Ich wüsste da im Augenblick niemanden ...", sagte Pfarrer Dingerkuss, wenngleich er ahnte, dass da eine Überraschung auf ihn wartete, die größer war, als alles, was er sich hätte vorstellen können. Er dachte an ...

„Es ist euer bester Schüler!", sagte Heinrich Johann so beiläufig wie möglich, denn er wollte diesen Moment auskosten. Er wollte sehen, wie sich das Gesicht des Pfarrers verfärbte vor Schreck.

„Johann!?!" Pfarrer Dingerkuss wurde abwechseln hochrot und kalkweiß. „Euer Kammerdiener soll Organist werden?"

„Ja", sagte Heinrich Johann zufrieden.

„Aber Johann ist ein Mohr!" sagte der Pfarrer.

„Ja und? Ist er nicht ein Mensch wie wir. Ein Christ?"

„Ja schon...", wiegelte der Pfarrer ab.

„Und sind vor dem Herrn nicht alle Geschöpfe gleich?"

„Ja, ja, aber ein leibeigener Mohr ..."

„Es ist frei!" sagte Heinrich Johann triumphierend. „Er wird nicht mehr lange auf Hülshoff wohnen. Sobald die Orgel geliefert und aufgebaut ist, wird er ins Dorf ziehen und ihr werdet ihn unterrichten."

„Ihr stürzt ihn ins Unglück!"

„Herr Pfarrer, Johann ist ein aufgeweckter Mann, das wisst ihr so gut wie ich. Er weiß sich durchzubeißen. Außerdem hat er doch ein Gehalt als Organist. 12 Taler im Jahr, und wenn es sein muss, will ich ihm gern hier und da mit einem Scheffel Getreide aushelfen."

„Ich höre schon den Kirchenrat, gnädiger Herr!" sagte Pfarrer Dingerkuss mit ängstlich gesenkter Stimme. „Ein Mohr! – Ein Mohr an der Orgel von St. Pantaleon. Sie werden mit den Fingern auf uns zeigen."

Und wie sie das taten.

Ein Kammermohr, ja, das mochte angehen. Aber ein Mohr an der Orgel, nein.

„Guod behüte näää!" riefen sie.

„En Swatten in usse Kiärke!"

„En Swatten, der Orgel spellt. Sust doch nich glaiwen!"

17

Oktober 1758

Maria war eingeschlafen. Johann hatte ihr Tee gekocht. Alfons Brockmann hatte ihm Kräuter gebracht. Seine Tante, eine alte, gebeugte Frau, der so mancher aus dem Weg ging, weil er ihr Hexerei zutraute, so, wie man Johann aus dem Weg ging, weil man immer noch glaubte, er sei ein Menschenfresser, kannte sich aus mit Kräutern, die Schmerzen linderten, Schlaf brachten oder vertrieben, Kräuter, die unscheinbar unter Buchen standen, an Wegrändern blühten, auf Wiesen und an Bächen, Kräuter, die alles konnten, wenn man nur wusste, wann man sie pflücken, wie man sie aufbewahren und schließlich anwenden musste.

Sollte sie schlafen jetzt. Er würde ihr gut tun.

Johann würde bei ihr sitzen und Acht geben. Würde ihre Hand halten. Und beten.

Wie sie da lag!

Johann war stolz auf sie.

Stolz auf ihren Mut, ihre Kraft und ihre Ausdauer, mit der sie ihre Krankheit ertrug, er war stolz auf ihre Geduld und stolz auf ihren Stolz, mit dem sie den Blicken der Spötter begegnet war, immer und immer wieder.

Als sich die Nachricht verbreitete, dass Johann Organist werden sollte, war plötzlich vieles anders geworden. Johann hatte eine Weile gebraucht, eh er verstand, was diesen Wandel herbeigeführt hatte.

„Heee, Mohr, wat löpst du üöwer ussen Weg!" schrieen sie, was nicht ungewöhnlich war, aber der Ton war ein anderer. Das war nicht ihr gewöhnlicher Alltagsspott.

Nein, aber was?

„Lasst Johann in Ruhe. Er hat euch doch nichts getan!" rief Alfons, der bei Johann war.

Alfons, sein einziger Freund.

„Wat hest du dann da met te maken, Alfons? Dienen Swatten is üöwer ussen Weg löpt, un as die nix daför betalt, krigt he wat up zin Krüsselkopp."

„Vorsicht, Johann!" rief Alfons, aber da war es schon zu spät, ein faustgroßer Stein hatte Johann an der rechten Schläfe getroffen.

Im Busch johlten Johann Everding, Hinnerk Wittover, Paul Daldrup und wie sie alle hießen, einer wie der andere Jungen mit muskulösen Oberarmen und starken Händen, blond, schwarz, dunkelblond und rotblond, johlten und freuten sich, dass sie es Johann gezeigt hatten.

„An'n Kopp!" schrie einer. „Du hest hem an'n Kopp getroffen, Hinnerk! Den swatten Düwel!"

„Schnell Johann, wir müssen hier weg..."

„Wart nur, bis wir dich schnappen, du swatten Menskenfresser!" schrie Hinnerk böse.

„Nun mach schon, Johann, schnell, wenn wir erst über die Zugbrücke sind, trauen sie sich nicht mehr."

Der Stein hatte eine Platzwunde geschlagen. Warmes Blut lief an Johann Wange herab, warmes rotes Blut, genau so rot und warm wie das Blut seiner Spötter.

Alfons betrachtete es und schien erleichtert.

Johann hörte das Johlen der Bauern und fragte Alfons: „Warum haben sie das getan, Alfons? Sie kennen mich doch!"

„Vielleicht sind sie neidisch."

„Neidisch, wieso sollten sie neidisch sein?"

„Es gibt eine Menge Leute, denen nicht gefällt, dass du Organist wirst", sagte er. „So lange du Kammerdiener warst, konnte es ihnen ja egal sein. Aber jetzt ..." Alfons zuckte die Achseln.

„Was jetzt?" fragte Johann drohend, denn das Blut, das ihm am Kopf herab rann, hatte ihn wütend gemacht. „Was jetzt, Alfons? Was ist denn plötzlich so anders. Ich bin doch immer noch der, der ich immer war, oder? Ein harmloser Mohr. Ein Affenprinz. Mehr doch nicht."

„Nein", sagte Alfons.

Und dann, plötzlich, begriff Johann.

Sie wollten nicht, dass er frei war, denn das bedeutete, dass er auf einer Stufe mit ihnen stand. Von einem Tag auf den anderer war Johann ein Freier geworden, einer mit 12 Talern Lohn im Jahr, mehr, als viele von ihnen verdienten. Einer, der beim gnädigen Herrn wohl gelitten war. Einer, der nicht einmal in seiner Schuld stand, wie so viele der kleinen Bauern, die dem Droste abgabepflichtig waren.

Plötzlich war Johann nicht mehr Johann der Mohr, sondern der Organist von St. Pantaleon. Und der gnädige Herr selbst hatte darüber entschieden.

Wer hätte das gedacht, damals, als die Uburuni ihn schnappten, in Fesseln legten und brandmarkten.

„Außerdem sagt man, du hättest ein Auge auf Maria geworfen", sagte Alfons und es schien, als mache ihm das noch mehr Sorgen als Johanns Berufung zum Organisten.

„Und wenn?", fragte Johann.

„Ich weiß nicht", sagte Alfons.

Johann erinnerte sich an die Sonntage, die er vor der Orgel gesessen hatte. Leichter Weihrauchgeruch hing in der Luft, es war kühl hier und dämmrig, und was immer draußen geschehen war, hier schien es nicht wichtig zu sein. Er dachte an die Jungen, die die Blasebälge traten, die für die nötige Luftzirkulation in den Orgelpfeifen sorgten.

Zwei Jungen waren jeden Sonntag eigens dafür abgestellt, zu pumpen, was ihre Kräfte hergaben, sonst erstarb jeder Orgelton, fiel in sich zusammen und war ein für alle Male verloren.

Er stellte sich vor, wie die Bauern zu ihm hoch gestarrt hatten, um zu sehen, wie ein Mohr dort über die Register gebeugt saß und spielte.

Aus den umliegenden Dörfern waren sie gekommen, vielleicht sogar aus Münster, nur um ihn zu sehen.

Die Orgel brauste, ihre Töne erfüllten den weiten hohen Kirchenraum mit so vollem Klang, dass Johann Schauer über den Rücken rieselten.

Und dann hörte er Stimmen.

„Johann?"

Die Musik brach ab.

„Ja, Herr Pfarrer?" sagte er.

„Johann, merke dir eines: du bist zwar in der Kunst des Cembalospiels schon weit fortgeschritten, doch das Orgelspiel ist etwas anderes. Die Königin der Instrumente verlangt Hingabe. Und summe nicht, wenn du spielst."

„Jawohl, Herr Pfarrer!"

„Gut. Dann noch einmal von vorn. Und achte darauf, dass die Bässe nicht treiben. Und dass ein Legato auch wie ein Legato daherkommt und nicht wie ein verwischtes Stakkato klingt."

„Ich will es versuchen!", sagte Johann.

„Noch etwas...", sagte Pfarrer Dingerkuss.

„Ja?"

„Der gnädige Herr fragt oft, wie es mit dir voran geht, und ich sage ihm, was ich weiß: dass du ein gelehriger Schüler bist, der beste, den ich je hatte, aber es gibt Dinge, die ich ihm nicht sage, und darüber muss ich mit dir sprechen. Du bist ein stattlicher junger Mann, Johann, aber du bist nicht hier, um der Tochter des Küsters schöne Augen zu machen. Hast du mich verstanden?"

„Ja, Herr Pfarrer."

„Du bist ein Mohr, schreib dir das hinter die Ohren! Es gibt Grenzen."

„Ja, Herr Pfarrer, aber ...."

„Kein Aber, Johann. Ich habe dir gesagt, was ich zu sagen hatte, also verhalte dich entsprechend. So, und nun bitte noch einmal von vorn."

„Pssst, Maria???" zischelte er.

„Wer ruft da?" antwortete sie.

„Ich bin's!", sagte Johann.

„Der Mohr Johann Junkerdink?"

„Ja, genau der!"

„Geh – geh, ich darf nicht mir dir sprechen. Die Eltern haben's verboten", sagte Maria schüchtern.

„Es ist aber doch nichts dabei!"

„Trotzdem, sie haben's verboten. Sie sagen, du seiest ein Wilder ..."

„So, sagen sie das. – Und – findest du das auch?"

sagte Johann und schaute hinter der Eiche hervor, hinter der er sich verborgen hatte.

„Nein, aber ..."

„Aber was?"

„Nichts, Johann, nichts ..."

„Vielleicht können wir ein Stück gemeinsam gehen?"

„Und wenn uns jemand sieht?"

„Dann mache ich mich unsichtbar!!!"

„Kannst du das denn?"

Johann lachte. „Natürlich! Ich bin doch ein Wilder. Ein Zauberer." Er rollte wie wild mit den Augen, sprang auf und ab und schlug sich auf die Brust.

Für Augenblicke schien es, als begänne alles von vorn, aber dann war Johann wieder da, wo er die ganze Zeit gewesen war, in der Stube, am Bett seiner Frau. Er atmete die abgestandene Luft, die nach Schwefel roch und nach schlechtem Atem, nach Krankheit und Tod, er wanderte durch seine Erinnerungen und staunte.

„Hörst du?" sagte Maria.

„Was?"

„Die Schritte, Johann. Der Tod schleicht durch die Stube."

„Das träumst du, Maria."

„Nein. Ich höre ihn doch."

„Schlaf!" sagte Johann beruhigend. „Die Nacht ist noch nicht vorüber. Schlaf. Und wenn du erwachst, koche ich dir einen Brei."

„Ich will nicht mehr essen."

„Ach Maria, Papperlapapp ...."

Maria lachte.

Sie hörte es gern, wenn Johann so sprach. Sie lachte so laut und so froh, dass Johann augenblicklich bereit war zu glauben, das Schlimmste sei überstanden und eine Wende noch möglich. Doch dann mündete dieses glückliche Lachen in einen furchtbaren Hustenanfall.

Johann strich Maria den Schweiß von der Stirn, diesen kalten Schweiß, der kaum, dass er ihn fortgewischt hatte, schon wieder perlte.

Jetzt wusste er wieder, wer hinterm Bett stand und wartete, sie ihm wegzunehmen. Aber vor Maria würde er das niemals zugeben. Nie. Er würde sich vor sie stellen. Er würde kämpfen um sie, bis zur letzten Sekunde.

Von fern krähte ein Hahn. Die Kirchenglocke schlug vier.

Johann rückte vors Feuer, schürte es und streckte die Füße aus.

Die Wärme!

Wie er die Wärme noch immer vermisste.

Wie er sich Tag und Nacht nach ihr sehnte, als gehöre sie zu ihm wie seine Hände und Füße.

Wie sein Herz.

Wie Maria.

Ohne sie wäre er an diesem Westfalen verrückt geworden!

Hätte weder die Winter überstanden, die mit klirrender Kälte und schüttendem Regen, mit Schnee leicht wie Pollen und silberblauem Eis in seine Knochen gefahren waren, noch das Frühjahr, das sich zog und zog und immer nur ahnen ließ, was es verbarg, eh es sich endlich zeigte.
Endlich.
Und wenn er dann geglaubt hatte, der Sommer sei da, die Sonne werde nun scheinen und scheinen, war auch der schon wieder vorüber und es pfiff und heulte aus allen Ecken.
Nur mit Maria hatte er das überstehen können.
Mit ihrer Liebe.
Und mit der Musik.
Beide waren mächtige Zauberer.
Beide beeinflussten den Lauf der Welt.
Sie konnten mächtige Männer stürzen und anderen zur Macht verhelfen. Sie verwirbelten die Zeit, bis sie wie Sand zwischen den Fingern zerrann oder wie ein störrischer Esel verharrte.
Aus Tagen machte sie Wochen und aus Jahren Sekunden.
Sie lebten. Damals wie heute.
Johann summte.
Johann wiegte sich zu seinem Gesumm, wie die Männer seines Dorfes sich gewiegt hatten, links und rechts, vor und zurück, Stunden um Stunden.
Johann lachte, weil Pfarrer Dingerkuss ihn deshalb so oft ermahnte hatte. Lachte, weil Pfarrer

Dingerkuss, der doch ein Vertrauter Gottes war, so gar nichts verstand von der Welt. Weil dieser Pfarrer nichts wusste von diesen mächtigsten aller Zauberer.

Nur von Noten, da verstand er etwas.

„Der Droste hat mir Noten gegeben, Johann", hatte er einmal gesagt. „Musik eines Komponisten aus Leipzig. Wie man hört, reißt man sich überall um ihn. Der gnädige Herr möchte, dass du dich einmal darin vertiefst."

„Johann Sebastian Bach?"

„Du kennst ihn?"

Johann war kalt. Er rieb sich die Hände. Die Morgenstunden waren die kältesten. Hier war das so und in Afrika auch, damals, in jener anderen Zeit, die es vielleicht nie gegeben hatte.

„Ja, ich habe von ihm gehört", sagte er.

„Er ist Kantor dort. Ich weiß nicht, ob man ihn nicht überschätzt. Mir scheint er ein wenig hochmütig. Aber natürlich, ich gehöre zu einer anderen Generation, ich bin alt. – Versuch es einfach einmal."

„Wie Ihr wollt!" sagte Johann.

Wie gut er sich daran erinnerte. Er hatte Wochen gebraucht, um dieses Stück zu begreifen und aus den Noten Musik zu machen. Als er endlich so weit war, schloss er die Augen und spielte es auswendig.

Jeder Ton wirkte.

Der eine war warm, der andere kühl.

Jeder Ton zeichnete Horizonte: der eine die Goldküste Westafrikas, der andere die Weggabelung mit dem Kreuz. Noch ein anderer die betrunkenen Uburuni und einer den Schiffsmaat, der ihm heimlich zu trinken gegeben hatte, einer die Peitschen, und einer das Brot, das Lisbeth backte und mit Krallen und Zähnen verteidigte, nachdem sie es noch dampfend aus dem Ofen gezogen hatte.

Und dann hörte er Schritte. Johann wechselte das Register, spielte noch einen großen Akkord und drehte sich langsam um.

Auf der Treppe zum Orgelboden stand Maria.

Sie kam mit einer Botschaft ihres Vaters. Sie sagte, ihr Vater wolle, dass er für heute aufhöre zu üben, es sei gut.

„Sag deinem Vater, dass es nicht gut ist", erwiderte Johann lachend, „jedenfalls nicht gut genug."

„Das verstehe ich nicht", sagte Maria.

„Ach Papperlappappp!" sagte er und da lachte sie. Lachte aus vollem Halse. Lachte, bis sie puterrot war und ihr die Tränen kamen.

Schon damals hatte sie es lustig gefunden, wie er „Papperlapapp" sagte.

Dann errötete sie.

Johann ging es genauso.

„Gut", sagte er, „dann will ich gehorchen."

Maria nickte und wollte gehen.

„Einen Augenblick noch", sagte Johann. „Magst

du nicht zuhören, wenn ich übe?"

„Ich weiß nicht", sagte Maria.

„Übermorgen bin ich wieder hier."

„Ich weiß nicht."

„Kannst dich ja in die Kirche setzen. Da hinten vielleicht. Dann kann ich dich nicht sehen, aber du kannst mich hören."

„Ich weiß nicht."

„Also dann, übermorgen", hatte Johann zum Abschied gesagt.

So hatte das angefangen.

Nicht, dass Maria tatsächlich gekommen wäre. Nein. Aber ihre zufälligen Treffen häuften sich. Als hätte Maria riechen können, wo und wann Johann unterwegs war. Sie kam ihm auf dem Land entgegen, wenn er bei den Schonebecks einen Auftrag für den gnädigen Herrn erledigt hatte, sie traf ihn, wenn er vom Pfarrer kam, sie traf ihn vorm Gottesdienst und manchmal nachher.

Und im Dorf traf sie ihn sowieso.

Sie nickten sich flüchtig zu, sie schauten verstohlen einander an, sie erröteten, dann wechselten sie vielleicht ein paar Worte.

Aber hinter allem lauerten große Zauberer.

Schon nach dem ersten Mal hatten sie das gewusst. Sie waren für einander bestimmt. Daran gab es keinen Zweifel.

Was sie nicht wussten, woran sie in aller Unschuld

nicht einen Gedanken verschwendet hatten, waren die Augen, die sie beobachteten. Immer und überall lauerten sie, gewollt oder zufällig.

Kein Wunder, dass Maria Mutter und Vater eines Tages streiten hörte.

„Sag Frau, ist es wahr, was sich die Leute erzählen?" knurrte ihr Vater.

„Was erzählen sie sich denn?" fragte ihre Mutter.

„Das sich zwischen unserer Maria und dem Swatten etwas anbahnt. Das erzählen sie sich. Dass sie sich sehen!"

„Natürlich sehen sie sich!"

„Das wusstest du?"

„Natürlich. Johann ist Organist. Und Maria ist die Tochter vom Küster. Hab ich Recht?"

„Ja, aber du weißt doch, was ich meine."

„Natürlich. Aber was ist dabei? Ab und zu unterhalte ich mich mit dem Johann. Er ist ein aufgeweckter Junge, er ist freundlich und wenn man ihm in die Augen schaut, sieht man, dass er nichts Böses im Sinn hat. Und wenn er mit Maria spricht, wird das auch nichts Böses sein."

„Ich hab nicht gesagt, dass ich glaube, dass er etwas Böses im Schilde führt. Ich habe gesagt, dass er ein Schwarzer ist. Ein Mohr aus Afrika. Und dass ich will, dass er seine schwarzen Finger von unserer Maria lässt. Das habe ich gesagt."

„Hast du nicht. Aber das ist auch egal. Für den

Swatten Johann lege ich meine Hand ins Feuer. Wenn sich zwischen den beiden etwas tut, wird er kommen und fragen."

„Das heißt, du glaubst, dass sich zwischen den beiden etwas anbahnt?"

„Ich werde jedenfalls nicht nein sagen, wenn er um ihre Hand anhält."

„Das meinst du nicht ernst!"

„Doch, das meine ich. Auf Johann lass ich nichts kommen."

„Aber er ist schwarz, verdammt!!!"

„Ja, schwarz ist er, und ein Christ ist er auch, und Organist in der Kirche des Herrn. Und unser Herr Jesus ist auch für Johann gestorben, so."

18

Oktober 1758

Maria erwachte.

Johann hantierte am Feuer.

„Was machst du, Johann?"

„Ich koche Brei, damit du zu Kräften kommst."

„Du weißt doch, dass ich nichts essen will."

„Aber du musst, Maria. Der Tag wird schön, ich seh's an den verglühenden Sternen. Wenn die Sonne erst ihre Schatten wirft, wirst du dich besser fühlen, glaub mir."

„Spiel mir lieber auf der afrikanischen Laute, Johann."

„Ich weiß nicht, ob ich das noch kann."

„Natürlich kannst du!"

„Und wo ist sie?"

„Als ob du das nicht wüsstest! Sie liegt in Decken verpackt auf dem Speicher."

„Später, Maria. Nicht jetzt."

„Dreißig Jahre ist das her", sagte Maria unvermittelt.

„Was?"

Maria hob den Kopf. „Das weißt du nicht mehr?"

„Nein."

„Denk nach!" forderte Maria. Für Augenblicke war alle Sorge aus ihrem Gesicht verschwunden und da wusste er, was sie meinte.

„Du warst die schönste Braut, die die Welt je gesehen hat!" sagte er.

Marias Gesicht leuchtete auf. „Dass du so lange gebraucht hast!" sagte sie.

„Ich war in Gedanken", entschuldigte er sich, verschwieg aber, dass er noch immer dort war. Dass er noch fest steckte in diesen Erinnerungen, die heranflogen und wieder flohen, dass er in ihnen feststeckte wie andere mit ihren Holzschuhen im Schlamm eines aufgeweichten Weges feststeckten und nur mit Mühe wieder freikamen.

Die Katze sprang von seinem Schoß auf Marias Bett und legte sich ans Fußende.

Die Kutsche, mit der Maria zur Kirche gefahren war, war die Kutsche des gnädigen Herrn. Seine älteste, nicht die, mit der er jeden Tag fuhr. Aber immerhin, er hatte sie zur Verfügung gestellt.

Johann hörte Brautjungfern lachen, Bauernjungen schwenkten ihre Hüte und manchmal ließ jemand eine blind geladene Flinte knallen, Johann war wieder klein, Johann wusste nichts von der Welt, Johann kannte nur das Dorf, den Hügel, den Wald und den nahen Fluss. Er kannte die Gefahren, die auf dem Weg zum Fluss lauerten. Er wusste, welchen Schlangen er aus dem Wege zu gehen hatte und welches Dornengestrüpp giftig war, und dann wusste er nicht mehr, wo diese Bilder sich all die Jahre verborgen gehalten hatten, aber sie waren da und schienen nur darauf gewartet zu haben, dass er sich ihrer erinnerte.

Wenn man sich doch auch an die Zukunft erinnern könnte!

So, wie die Spökenkieker oder die Medizinmänner, die in allen Zeiten zu Hause waren. Die sagten, dass man ein Leben lebt, stirbt und dann wiederkehrt. Die sagten, dass das vielleicht ein oder zwei Generationen später geschähe, vielleicht aber auch sofort, ohne im Zwischenreich Kraft zu tanken fürs nächste Leben.

So in Erinnerungen verstrickt erzählte er Maria, wie er zum Haus ihrer Eltern gekommen war, um um ihre Hand anzuhalten.

Erzählte ihr, wie ihre Mutter ihn herein gebeten hatte an jenem fernen Nachmittag.

Wie aufgeregt er gewesen war, als er in die Stube trat unter dem Vorwand, seine Pfeife zu entzünden, so, wie es Brauch war. Und wie sie dann die Pfanne vom Sims genommen hatte, wortlos oder vielleicht übers Wetter plaudernd, das wusste er nicht mehr.

Aber er wusste, dass dies der Moment der Entscheidung war.

Der Brauch wollte es so.

Bereitete sie Pfannkuchen vor oder würden Speckschnitzel und Eier in die Pfanne gelegt?

„Speckschnitzel!" sagte Maria. „Speckschnitzel und Eier!"

„Ja, ja", sagte Johann lachend, „aber das wusste ich damals doch nicht. Sie hätte genau so gut Pfannkuchen zubereiten können, und du weißt, was das bedeutet hätte."

„Papperlapapp! Ich hätte dich doch nie hingehen lassen, wenn ich nicht gewusst hätte, wie es ausgeht."

„Deine Mutter hatte es dir verraten?"

„Natürlich."

Die westfälische Bräuche waren so kompliziert.

Man hatte Johann einweisen müssen. Man hatte ihm erklärt, wie man Brautwerbung betreibt, denn woher hätte er das wissen sollen?

An die Brautwerbung seiner Heimat erinnerte er sich nicht.

Wenn er an seine Heimat dachte, fiel ihm nur Tod ein. Tod als erzwungener Abschied, als Schläge und Folter, Tod als Krankheit und Not. Sonst nichts.

„Weißt du noch, wie der Gastbitter herumging, um unsere Vermählung anzukündigen und einen Nachbar vergaß?" fragte Maria.

„Er hat einen vergessen?"

„Ja, Hinnerk Wittover!"

„Stimmt!"

Johann musste lachen. Johann fand, dass der Gastbitter den Richtigen vergessen hatte. Brauch hin oder her, so einem wie Hinnerk musste man nichts ankündigen.

„Worüber freust du dich?"

Johann erzählte Maria von Hinnerks Steinwurf. Er spürte wieder den Schmerz und das warme Blut. Und dann fiel ihm Alfons ein. Fremd und gemein war ihm dessen Erleichterung damals vorgekommen, jetzt plötzlich begriff er.

Alfons tief verborgene Zweifel, Johann könne letztlich doch nur ein Wilder sein, einer mit schwarzem Blut, einer, der Menschen frisst, waren wohl erst verflogen, als er gesehen hatte, dass Johanns Blut seinem glich.

Hinnerks Stein war also nicht umsonst geflogen. Es machte Sinn. Als wäre dieser und damit jeder andere Moment Johanns Lebens sinnvoll gewesen.

„Manchmal kommt mir mein Leben vor wie ein Traum", sagte er.

„Einer nur?" sagte Maria.

„Ob es nur einer ist, weiß ich nicht. Vielleicht sind es viele. Vielleicht ist auch dies nur ein Traum und wenn wir erwachen, ist alles anders."

„Das glaube ich nicht", sagte Maria. „Und selbst, wenn es so wäre. Ich träume ihn gern."

Johann hörte den Hahn krähen und einen Hund anschlagen. Er spürte, dass Maria und ihm nur noch Stunden blieben. Vielleicht würde der Tag sie auslöschen wie eine Kerze. Vielleicht stimmte ja, was Pfarrer Dingerkuss ihm erzählt hatte. Vielleicht erinnerte man sich zu Ende eines Lebens deshalb besonders deutlich, weil man ahnte.

Vielleicht gehörte das zu unserem Abschied. Diente zur Vorbereitung auf den Tod ebenso wie als Willkommensgruß für das nächste Leben, so, wie man jemandem, den man lange nicht gesehen hat, schon von weitem etwas zuruft, eh man sich dann gegenübersteht und umarmt.

„Im Oktober war das", sagte Johann.

„Ja. Ein schöner Oktober, dem ein harter Winter folgte."

„Wie ich gefroren habe, wenn ich sonntags die Orgel spielte."

„Und wie uns der Rauch vor den Lippen stand, während der Messe, uns und dem Pastor und allen anderen."

„Und wie wir in der Stube zusammen rückten. Wie wir uns Steine warm machten, damit wir im Bett nicht frören."

Sie lachten. Die Katze maunzte.

Johann legte sich zu Maria und hielt sie. Sie roch so gut, trotz all der üblen Gerüche der Krankheit. Sie war so warm. Ihre Wärme war alles, was er vom Leben brauchte. Und sie hatte sie ihm gegeben.

„Aber geizig waren die Bauern nicht", sagte Maria nach einer Weile.

„Vielleicht wollten sie dem gnädigen Herrn imponieren, weil sie wussten, dass er unsere Hochzeit gut hieß."

„Und wenn schon, all die wunderbaren Gaben ..."

Am Abend vor der Hochzeit waren die Mägde der Verwandten und Nachbarn ins Haus gekommen, hatte einen Gruß ihrer Herrschaft überbracht, hatten einen mit einem weißen Tuch verdeckten Korb abgestellt und waren wieder gegangen.

„Eier, Butter, Geflügel, Schinken..."

All das kam am Hochzeitsmorgen mit in die Kutsche, mit der Maria zur Kirche fuhr. Mit gesenktem Kopf musste sie sitzen, als müsse sie sich für etwas schämen.

Seltsame Uburuni!

Johann versuchte sich vorzustellen, er wäre ein Uburuni und sähe mit ihren Augen. Sähe die Bräuche seiner Heimat. Sähe das Besprechen von Fetischen, das Zaubern um gute Ernte, das Zaubern, mit dem man Feinde vernichtet, sähe die Blutopfer, hörte die Trommeln und röche die verschwitzten Tänzer, die sich in Trance wiegten, in eine andere Welt, in einen anderen Traum.

Was würde er denken?

Seltsame Mohren!!!

„Alfons hat mit den Topfdeckeln geschlagen, als auf der Tenne Musik war", sagte Maria fröhlich.

„Ja!"

Seltsame Uburuni!

Aber so seltsam waren sie gar nicht.

Sie waren genau wie er.

„Komm, spiel auf deiner Laute!" sagte Maria.

„Also gut", sagte er und ging los, um sie vom Speicher zu holen.

„Hast du sie gefunden?" rief Maria.

„Ja, ja", sagte er.

„Johann?" sagte Maria.

Die Katze stand auf, streckte sich, lief übers Bett und legte sich neben ihr Kopfkissen.

„Ja?"

„Komm, setzt dich wieder her."

Johann setzte sich. Maria hielt seine Hand wie jemand, der mit den Fingerspitzen eine Blindenschrift ertastet.

„Du bist doch ein Königssohn, oder?" sagte sie zärtlich.

„Vielleicht", sagte Johann.

„Papperlappapp!" sagte Maria.

Johann nahm die Laute und begann zu spielen.

Er spürte, dass Marias Reise jeden Augenblick vorüber sein konnte.

„Erzähl mir, wie es mit Anansi weiterging", sagte Maria.

„Gern", sagte Johann und wiegte sich mit der Musik vor und zurück. Die Stube war plötzlich weit fort. Der Himmel war hoch und der Horizont glühte. Vielleicht waren auch Trommeln da. „Weißt du, nachdem Anansi seiner Geliebten so nah gekommen war, wollt er den Berggipfel nie mehr verlassen. Als er Wind auffrischte, wollte er sich festhalten, aber er war schon zu schwach. Aus dem Wind wurde ein Sturm und der hob ihn auf und trug ihn höher und höher, der Sonne entgegen. Länger und immer länger spann er seinen Faden. Anansi wurde warm vor Anstrengung und warm von der Liebe und schließlich wurde ihm vor Glück so heiß, dass er sich seine Spinnenbeine versengte. Er sengte sich die Haare vom Bauch, sein Panzer begann lichterloh zu brennen, er glühte vor Liebe und er schrie laut auf vor Lust, und in dem Augenblick, als ihn die Geliebte in ihre Flammen aufnahm, starb er vor Glück. Anansi glitt wie ein rauchendes Flämmchen an einer Lunte an dem gleichen Faden zurück, den er gespannt hatte. Seine Asche fiel auf die Erde. Der Wind trug sie über die kahlen Felder und die leeren Savannen. Und seine Asche machte den Boden fruchtbar. Die Sonne ging unter und wieder auf, und sie sah, dass aus Anansis Überresten kleine Halme hochgeschossen waren. Sie schien, um sie wachsen zu lasen. Sie machte sie so stark, dass sie die Erde überwucherten. Und aus diesem grünen Wald kamen Tiere hervor und der erste Mensch. Und aus ihm erwuchsen du und ich und alle Menschen. Geboren aus Anansis Liebe. So entstand alles Leben. Aus unerfüllter Sehnsucht."

Eine Saite von Johanns Laute riss.

„Siehst du", sagte Johann, „ich hab's dir ja gesagt, sie ist alt."

Maria antwortete nicht.

„Maria? – Maria????"

Nachwort

Johann Junkerdink kam 1698 an den Hof derer von Droste Hülshoff. 1711 wurde er Organist der St. Pantaleon Kirche in Roxel. 1728 hat er die Tochter des damaligen Küsters, Hermann Herz, geheiratet. Die beiden hatten fünf Kinder. Vier von ihnen starben einen frühen Tod, wie so viele Kinder damals und so viele Kinder noch heute in Afrika, Asien und Südamerika. Ernst-Constantin wurde erwachsen, aber auch seine Spur verliert sich in der Geschichte.

Maria Katharina Junkerdink starb am 8. Oktober 1758.

Ihr Mann Johann starb knapp zwei Wochen später, am 21.10.1758.

Das sind Tatsachen.

Alles andere ist ausgedacht.

Nicht ausgedacht ist, dass der Sklaverei geschätzte 10 – 20 Millionen Afrikaner zum Opfer fielen. Aber auch heute noch existiert Sklaverei als Schuldknechtschaft. Allein in Südostasien dürfte es 15 – 20 Millionen Schuldknechte geben. Der globale Menschenhandel tut ein Weiteres. In Westeuropa werden ca. 500.000 Frauen als Opfer dieses Menschenhandels zur Prostitution gezwungen.

H. Mensing (im Dezember 2004)